友には杯、恋人には泉
—右手にメス、左手に花束10—

Michiru Fushino
椹野道流

CHARADE BUNKO

Illustration

鳴海ゆき

CONTENTS

友には杯、恋人には泉 ―――――――――― 7

あとがき ―――――――――――――――― 215

一章　年越しの相談

生姜《しょうが》をバッチリ利かせた海老《えび》のすり身を薄い輪切りにしたレンコンで挟み、小麦粉を軽くまぶして揚げ焼きにしたあと、しっかり油を切っておく。

柔らかい水菜は大根の千切りと合わせて、食べる直前によく炙《あぶ》って手で崩したたたみいわしをふんわりと載せ、タマネギドレッシングをかける。

下味をつけて柔らかくした牛肉は、タマネギと柔らかい干し柿のスライスを合わせ、XO醬《ジャン》とオイスターソースで中華風に甘辛く炒《いた》め合わせる。

少しだけ残っていた大根と金時人参は細切りにして塩揉《しおも》みし、さっぱりした箸休《はしやす》めのなますにした。

完成した料理をそれぞれ盛りつけ、さて汁物を仕上げようかと永福篤臣《えいふくあつおみ》が冷蔵庫から味噌《みそ》を取り出したところで、ジャージ姿の、頭からバスタオルをかけた長身の男がヌッとキッチンに入ってきた。

言うまでもなく、篤臣のパートナーである江南耕介《えなみこうすけ》である。

K医科大学消化器外科に勤務している彼が自宅に戻ってきたのは、実に三日ぶりのことだった。術後の経過が思わしくなかった患者につきっきりで、どうにか容態が安定したので帰宅することにしたらしい。

「ちゃんと洗って、よーく温まってきたか？　どうせ三日間、風呂に入ってなかったんだろ。毎度、帰ってきたときのお前の小汚さにビックリするよ」

帰宅時の江南のよれたヒゲ面を思い出し、篤臣は小鍋《こなべ》に味噌をときながらクスリと笑う。そんな篤臣の傍らに立ち、肩に腕を回した江南は、恋人の頬《ほお》に音を立ててキスをした。まだ湿った髪から、バスタオル越しにふわりとシャンプーが香る。

「そらもう、頭から尻尾《しっぽ》までピカピカや。確かに湯船は久しぶりやな。せやけど、霊安室の隣のシャワールームは、毎日使うとったんやで。医者が不潔にするわけにはいかんし」

「だったら、シャワーのときに髭《ひげ》も剃《そ》れよ」

「そらアカン。俺、これでも意外と敏感肌やからな。いつものシェーバーやないと、荒れてしゃーないねん。湯に浸《つ》かって温まりながら、綺麗《きれい》に剃ってきた」

確かに、寄せられた頬はすべすべしていて、むさ苦しい無精髭の名残《なごり》はどこにもない。どうやら、全身を念入りに洗い上げてきたらしい。

「地下の霊安室横のシャワールームなんて、あんな怖いとこ、よく行くよ」

「お前こそ、臓器サンプルみっしりの解剖準備室で、平気で作業しとるやないか。俺はそっちのほうが怖いわ」

「そうか？　やっぱ慣れなのかなあ」

「たぶんな。まあ、あのシャワールーム、頭洗うとるとき、誰もいてへんはずやのに冷たい手ぇに背中触られた……っちゅう話は、よう聞くけど」

いきなりの怪談に、篤臣はブルッと身を震わせた。

「や、やめろって。マジ怖いから！　俺、ホラーは駄目なんだよ」

「ええやないか、触るだけで別に悪さはせえへんねんし。あ、せやけどいくら幽霊といえども、お前に触るんは許されへんな」

「何言って……っ」

喋《しゃべ》りながら、江南は篤臣に軽く体重をかけ、唇を頬から耳の後ろに滑らせる。このまま放っておくと、食事に手をつける前に、江南が別の飢えを満たそうとしそうだったので、篤臣は片手で恋人の胸をぐいと押し、遠ざけた。

「いつまでへばりついてんだ、馬鹿。飯にしようぜ。腹減ったろ？」

「おう、気ぃ揉みすぎて、さすがに若干身が薄うなったわ、今回は」

幾分名残惜しそうに篤臣から離れた江南は、バスタオルを首に引っかけ直し、両手に皿を持ってダイニングに運び始めた。さすがに、篤臣の心づくしの料理を無駄にするつもりはないらしい。

　実家がちゃんこ料理屋を経営しているというのに、若き日の江南は父親への反抗心を剝《む》き出しにし、家業にかかわろうとしなかった。そのせいで、篤臣と同居し始めた頃、彼はいわゆる「お手伝い」にまったく気が回らなかった。

　彼自身、決して篤臣に家事をまかせっ放しにして涼しい顔をしようなどとは思っていなかったのだが、何しろそれまでが自分本位すぎて、人が二人で共同生活する上で必要な配慮というものに、欠片《かけら》ほども思い至らなかったのだ。

　ゆえに篤臣は、あれをしてくれ、これをしてくれと逐一頼み、その都度感謝の言葉をかけ、意外と短気な彼としては最大限の努力を延々と続けて、ようやく今のように自発的に手伝ってくれるよう仕向けたのである。

（人並みに動けるようになったじゃねえか）

　いそいそと立ち働く江南を満足げに見やりつつ、篤臣は出汁《だし》に味噌をとき入れた。豚肉の赤身を嚙《か》み応《ごた》えのある小さな角切りにしてほんの少し、あとは根菜をこれでもかというほど入れた豚汁である。

　とにかく子供味覚、さらに肉好きで、病院に詰めているときには野菜など見向きもしない江南のために、篤臣は工夫を凝らし、肉や魚と野菜を上手に組み合わせて無理なく食べられるような料理を作り続けている。

「今日も旨《うま》そうや。えらいご馳走《ちそう》やな」

言われなくても食器棚からさっさと取り分け用の皿とグラスを出しながら、江南は篤臣に声をかけた。

こちらは豚汁を大ぶりの塗り椀《わん》によそってトレイに載せ、篤臣は屈託のない笑顔を江南に向けた。

「ご馳走ってほどじゃないけど、品数だけは揃《そろ》えてみた。でもまあお前、どうせ病院にいるときは、中華の出前ばっか食ってたんだろ。それも決まって……」

「「チャーハンと麻婆豆腐《マーボーどうふ》」」

二人の声が、綺麗に重なる。江南は少し決まり悪そうに、へへっと笑って弁解した。

「せやかて俺ら、出前が来てすぐ食えるとは限らへんからな。オペやら処置やらで、えらいこと時間おいて食わなあかんときもしょっちゅうや。せやし、温め直して食えるやつでないとあかんねん」

「それはわかるけど、別に野菜炒めとか八宝菜とかでもいいだろ」

「まあ、そうやねんけどな。せやけど、あの店のチャーハン、ちょっと味薄いねん。そこに麻婆豆腐ぶっかけて食うと、この上なく旨なるねんな〜」

「ったく。それ、野菜不足に加えて、ろくに噛まずに飲み込むの二重苦じゃねえか。今日はゆっくり落ち着いて食えよ」

そんな小言を言いながら、篤臣は炊きたてのご飯も茶碗《ちゃわん》に綺麗に盛り、トレイに並べた。まるでお手伝いが楽しくて仕方がない子供のように、江南がいそいそとやってきて、豚汁と共にテーブルに運んでいく。

「浮かれてやがるなあ、ったく」

呆《あき》れ口調とは裏腹に、篤臣の顔は嬉《うれ》しそうにほころんでいた。

病院での泊まり込み生活から江南が帰宅するというのは、患者の容態が好転したか、患者が亡くなったか、そのどちらかだ。

いくら最善を尽くしたといっても、やはり患者の命を救えなかった無力感や虚脱感は、同じ医師でも臨床を経験したことがない篤臣の想像を遥《はる》かに超えて重いものだろう。

家庭に暗い空気を持ち込むまいと、そういうとき、江南はわざと陽気に振る舞うし、江南が自分から話さない限り、篤臣も仕事のことは詮索《せんさく》しないようにしている。

それでも、時折、酷《ひど》くつらそうな顔をする江南を見ると、篤臣は、ただ寄り添うことしかできない自分を情けなく思い、悲しくなる。

それに引き替え、患者の容態が好転した今日のような日は、江南は手放しの上機嫌である。

こういうときは、篤臣も心からくつろいで、久しぶりの団欒《だんらん》を楽しむことができるのだ。

「ビールでいいか？」

声を張り上げて訊《たず》ねはしたものの、特に江南の答えを待たず冷蔵庫からビールを二缶取り出し、篤臣は軽い足取りでキッチンを出た。

「今回は医局に仮眠に戻る暇ものうてな、時間を見つけては、処置室のベッドで十分やら十五分やら寝とった」

ガツガツと食事を平らげながらそんな苦労話をサラリとする江南に、篤臣はさすがに心配そうな面持ちで言った。

「仕事に手を抜かないのがお前のいいところだけどさ、話を聞いてると、あんまり過酷すぎて心配になるよ。そんな無茶、一生続けられるわけじゃないんだからな？　自分の身体《からだ》のことも、そろそろちゃんと考えてくれよ」

「わかっとる」

「ホントかよ」

「ホンマやて」

江南は旨そうにビールを一口飲み、ご機嫌な笑顔で篤臣を見た。

「お前に心配かけとるんは、重々承知や。悪いとも思てる。けどなあ……。お前も前に虫垂炎《アッペ》で入院したから、病気んときの不安感とか心細さとか、わかるやろ？」

篤臣は、思わず自分の右下腹部を見下ろし、しかめっ面で頷《うなず》く。

「ああ、ありゃ酷かった。術創の痛みより、頭痛が」

「せやったな。麻酔の腰椎穿刺《ようついせんし》で、髄液漏れたんやったっけ。まあある意味不可抗力やし、運が悪かったたな」

江南は苦笑いし、篤臣は大真面目《おおまじめ》な顔で唇を尖《とが》らせる。

「そうだよ。別に麻酔医を恨むわけじゃないけど、あの頭痛はマジで凄《すさ》まじかったぞ。痛みだけで、死ねる気がした。しかも、ずいぶん長く続いたしな。確かにあのとき、お前が仕事で忙しいってわかってたのに、傍にいてほしくて、ひとりぼっちがつらすぎて泣きそうになったっけ」

「せやろ」

ちょっと切なげに相づちを打ち、江南はこう続けた。

「俺が患者にしてやれることなんか、そう多くはあれへん。結局のところ、患者の踏ん張りをちょこっと支えたるんがせいぜいや。せやけど、具合が悪うなったとき、いつでも主治医が近くにおるっちゅうだけで、少しでもホッとするん違うかなと思うねん。……そのくらいは、うぬぼれてたいっちゅうか」

最後の一言を、江南は鼻の下を擦《こす》りながら照れくさそうにつけ加える。篤臣は、やけに強い口調で「ホッとするさ！」と請け合った。

あまりにも一生懸命肯定されて、江南はかえって面食らう。

「そうか？」

「そうだよ！　お前のそういうとこ、俺は凄《すご》く好きだよ」

「……さよか」

江南は眉《まゆ》だけで少し驚いてから、ホロリと笑った。

いつまで経《た》っても恥ずかしがり屋の篤臣は、江南にどんなに求められても、「好き」という言葉をなかなか声に出すことができない。それなのにこういうときには、おそらく本人も気づかないうちに自然と口からこぼれ出すのが、江南には面白く、嬉しいのだ。

「けど、マジで身体だけは大事にな。お前が病気になったら、俺、すげえ困るから。その、看病が大変とかそういうことだけじゃなくて、心配するって意味だぞ？」

さらにそんな嬉しい言葉をもらって、江南の笑みはますます深くなった。

「そらまあ、お前に心配やら苦労やらかけるんは嫌やからな。気ぃつける」

「そうしろ。……あ、これ、少し残ってるの、食っちゃえよ」

篤臣は頷いて、江南の取り皿に炒め物の残りをざっと空ける。

下味の染みた柔らかい牛肉を柿と一緒に頬張り、江南は「面白い味やな」と素直な感想を口にした。篤臣は、ちょっと困ったように眉をひそめる。

「なんだよ、面白い味って。こないださ、美容院で見た料理雑誌のレシピを試してみたんだ。オイスターソースを使うから中華料理っぽくて、けっこういけると思ったんだけどな。お前の口には合わなかったか？」

江南は肉を飲み下し、ビールを一口飲んでから、「いんや」とますます面白そうな顔をした。

「肉と甘い果物を一緒に食うっちゅうんが珍しいから、口がビックリしよるけど、旨いで。せやけどお前、美容院で料理雑誌なんか読みよるんか。ああいうとこでは、男に出されるんは、ファッション雑誌か週刊誌か、せいぜい映画雑誌くらいやと思うとった」

「うっ」

うっかり口走ったことを即座に突っ込まれて、篤臣は目元をうっすら染める。

「いや、別に俺からリクエストしたわけじゃないんだぞ！　ただ、いっぺん待ち時間が長かったとき、ロビーに置いてあった料理雑誌にうっかり手を伸ばしちゃってさ。それがよっぽど印象的だったのか、それ以来、何も言わないのに、俺の前には料理雑誌が置かれるようになっちまったんだよ」

「よっぽど一生懸命読んどったんやろ」

「うう……。だって、さすがにそんな雑誌を自分で買ったことがなかったから、物珍しくてさ。なんか凄かったぞ。やたらコスパのよさそうな献立とか、トースターで焼けるケーキのレシピとか、目から鱗《うろこ》レベルの家事のヒントとか！」

江南も、駅の売店でそうした薄い料理雑誌を見かけたことはある。いかにも主婦向けの記事に目を輝かせる篤臣の様子が容易に想像できて、江南は愛《いと》おしげに目を細めた。

「お前はほんまに甲斐甲斐《かいがい》しいやっちゃな」

「誰のせいだと思ってんだ」

恨めしげに軽く江南を睨《にら》み、篤臣はレンコンの揚げ物にカレー塩をつけて齧《かじ》った。江南は、悪びれず自分を指さす。

「俺のせい……っちゅうか、俺のためやろ？　わかっとる」

「……だったらいいけどよ」

ほっそりした顔のラインが崩れるほど、ヤケクソの勢いで炊きたてご飯を頬張る篤臣の大照れぶりに、江南は相好を崩し、仕事で張り詰めていた心がゆっくりほぐれていくのを感じていた。

「あっ、そうだ。まだ十一月だけど、お前、しょっちゅういなくなるから、今のうちに話しとかなきゃ」

食後、ソファーでくつろいでいたとき、テレビを見ていた篤臣は、急に江南に視線を向けた。

まだダラダラと焼酎《しょうちゅう》のお湯割りなど楽しんでいた江南は、少し眠そうな顔で篤臣を見返す。

「何をや?」

「正月のこと! テレビ見てて思い出した」

なるほど、画面の中では、気の早いことにあちこちの料亭がプロデュースするおせち料理の試食会が繰り広げられている。芸能人が小皿片手に大はしゃぎをしているのを見て、江南も「ああ」と声を上げた。

「せや。俺もその話をせんといかんと思うとったんや」

グラスをテーブルに置いた江南は、おもむろにこう言った。

「今回は、俺のほうは正月の帰省はなしになりそうや」

「へ? そうなのか?」

篤臣は、意外そうに目を見張った。

長らく勘当されていた江南が、篤臣のサポートもあって父親と和解して以来、二人はどうにか時間をやりくりして、少なくとも一泊二日は、彼の大阪の実家へ正月の挨拶《あいさつ》に出向くことにしていた。

「おう。なんや一昨日《おととい》、お袋から電話があってな。正月、帰ってこんといて、て言うとった」

江南は平然とそう言ったが、篤臣はたちまち青ざめる。

「えっ? なんで? 帰ってこないでって、そんな。もしかして、毎年正月に帰省してたの、迷惑だったかな。年末もギリギリまで営業してるし、忙しいもんな。俺たちが帰るたび、おせちだなんだってご馳走してくれるし、負担かけちゃってたのかも」

だが、篤臣の懸念に気づいて、江南は笑って片手を振った。

「ちゃうちゃう。そういうことやないねん。帰ってきてほしいんはやまやまやねんけどって残念がってたで、お袋」

「じゃあ、どうして？」

「二階の床がな、先々週、抜けたんやて」

「……は？」

思いも寄らない一言に、篤臣は呆気《あっけ》にとられてしまう。江南は可笑《おか》しそうに笑いながら、両手で床が抜ける様を表現してみせる。

「まあ、古うて安普請な家やからな。前から、二階の床はジワジワ傾いてきとったらしい。それがこないだ、お袋がまた腰を軽ういわして、シゲさんが代わりに洗濯もん干しに上がったら……」

シゲさんというのは、長年、江南の実家のちゃんこ屋に住み込みで勤め、店の跡継ぎに決まっている楢山繁太郎《ならやましげたろう》のことである。江南にとっては、頼りになる兄貴分といった存在だ。

「まさか……」

「傷んどった板の間バヤャッと踏み割ってもうて、片足ズボーッと落ちたんやって」

「うわッ。だ、大丈夫だったのかよ⁉」

大阪人らしく擬音の多い江南の説明がやけにリアルで、篤臣はソファーから背を浮かせ、心配そうに問いかける。

繁太郎は、江南の父耕造《こうぞう》に引けを取らない、格闘家と見紛《みまが》うばかりの大男なので、朽ちた床板を踏み抜いても、まったく不思議ではない。

江南は、呑気《のんき》な笑顔で頷いた。

「まあ、危うく両手を無事な床に突いて踏ん張って全身は落ちんと済んだて。せやけど、一階の天井も踏み抜いてしもたからな。風呂の天井に大穴開いたらしいわ」

「ああ……よかった！　いや、床が抜けたのは大変だけど、シゲさんが無事で何よりだよ。お前ん家《ち》にとっては、大事な家族の一員だもん」

ホッと胸を撫《な》で下ろした篤臣に、江南も真顔になって頷く。

「せやな。かすり傷程度で済んだて聞いて、俺もホッとした。シゲさんには、店のことだけやのうて、親父《おやじ》とお袋のこともまかせっきりやからな」

「そうだよ！　お前、店はともかく、ご両親のことはもうちょっと気にかけるべきだって。……ああいや、それはともかく、家はどうなったんだ？」

「そんでな、大工呼んで詳しゅう調べてもろたら、家じゅうあちこちヤバイらしいねん。木材が縮んで外れかかっとるとこはあるわ、シロアリは喰《く》いまくってるわ、基礎は適当すぎるわで」

「うわあ……」

「ほんで、どうせ店も家もシゲさんに譲り渡すわけやから、自分らが引退する前にきちんとしたらなアカンて、親父が思い立ったらしい」

「もしかして、リフォーム？」

篤臣の問いかけに、江南は大きく頷いた。

「せや。ずいぶん思いきったらしゅうてな。リフォームっちゅうより、ほとんど建て替えなんやて。基礎からがっつり手直しすることにしたんやて」

「そりゃ大変だな」

「で、風呂が使われへんと不自由やろ。店閉めたら、もう銭湯は終わっとるし。ちょうど店の近所のマンションに空き部屋が出たから、もうそっちへ引っ越ししたらしいわ」

「ああ、なるほど」

「せやけど、三人寝るんがやっとの狭さやし、年明けまでにはとても工事は終わらへんしで、俺らが帰ってもおるとこないて、お袋が言いよるねん」

「そういうことか。はあ、ホッとした」

自分たちが疎まれているのでないと知って、若干強張《こわば》っていた篤臣の顔が、たちまち緩んでいく。そんな篤臣を見ながら、江南はこうつけ加えた。

「工事が終わって、引っ越し荷物が片づいたら、お披露目がてら呼ぶから待っとってって言われた。正月も、荷物を貸倉庫に預けたままやから、これといった支度もできへんし、三人で簡単に済ませるつもりやからって」

「ああ……仮住まいは色々大変そうだ。いっそ日帰りか、ホテルを取って顔を出すだけでもって思ったけど、かえってあっちに気を遣わせちまいそうだな」

「と、思うてな。正月は、電話くらいでええんちゃうかな。シゲさん、スカイプ使えるかどうか、聞いてみるわ。ほしたら、お互い顔も見られるし」

「うん、それはいい考えだな。親父さんもおかみさんも、お前の顔が見たいだろ」

「……どっちか言うたら、お前の顔やと思うけどな。うちの親は、お前が滅茶苦茶《めちゃくちゃ》お気に入りやし。せやけど正直、帰るん怖いわ」

江南が最後にボソリと呟《つぶや》いた一言に、篤臣は小首を傾《かし》げた。

「怖い？　なんで？」

江南は、真《ま》っ直《す》ぐな眉をハの字にして、情けない顔でぼやく。

「家の工事な、外装もがらっと変えてしまうらしいねん」

「そりゃまあ、そうだろ」

「わかっとるんやけどな。親父もお袋も年取るし、今の家はどのみち危なすぎてん。階段はえらい急やし、風呂桶もけっこうな高さを乗り越えんと入られへんし、冬、底冷えするしな」

「……うん。だから、改装でそのあたりも解消するつもりなんだろ？」

「おう。床暖入れるつもりらしいし、シゲさんに二階全部使うてもろて、両親の部屋や水回りは一階にするて言うてた。俺らの部屋も、シゲさんが、代替わりしても俺と篤臣には実家として毎年帰ってきてほしいからて、残してくれるらしい」

「ありがたい話じゃないか。それなのに、なんでお前、そんな変な顔してんだよ」

江南のぼやきの理由がわからず、篤臣は怪訝《けげん》そうに問い質《ただ》す。すると江南は、幾分恥ずかしそうにこう言った。

「次に帰ったとき、自分が育った家がなくなっとって、見覚えのない建物にすげ替わっとるねんなと思うと、なんかちょっとな、こう、根っこがなくなるような寂しさがあんねん」

「……あー……」

そこでようやく江南の変な顔の理由が寂しさだと悟り、篤臣は少し困った顔で江南のまだ湿った髪をくしゃくしゃ撫でた。

「俺はずっとマンション暮らしだから、その感覚はよくわかんないけど、一戸建てだとそう感じるんだろうな。あの家、すごくこう、古きよき昭和の住宅って感じで、雰囲気よかったし」

「ちゅうか、あそこしか知らんからな、俺。さっさと家出てしもたくせに、こんな言い草もないもんやけど、なんちゅうか、子供時代の俺のすべてがあそこにあったわけやろ。そこが、知らん間になくなるんは寂しいもんやなて。年とったんかな」

照れくさそうに苦笑いする江南がいつになく頼りなく見えて、篤臣は思わず自分から江南の肩に腕を回した。

「ばーか、年とか関係ないだろ。誰だって、生まれ育った家がなくなるのは寂しいよ。家だって、家族みたいなもんだよな」

「そうかもしれへん」

珍しくあからさまにションボリした様子で、江南は篤臣の肩に寄りかかる。篤臣は、そんな江南を励ますように明るい声で言った。

「けどさ、新しくなった家で、ご両親もシゲさんも、前よりずっと快適に暮らせるわけだろ。いいじゃないか。またそこで新しい思い出を作っていけば、一度は見慣れない家になっちまっても、ゆっくりお前の『実家』になってくれるよ。何しろ、俺たちの部屋も作ってもらえるんだし。楽しみじゃないか」

「……せやな」

「そうだよ。……しかし、そっか。お前んとこもか、正月に帰省しなくていいっていうの」

今度は、篤臣の言葉に江南が訝《いぶか》しそうに頭を上げる。

「お前んとこもかて、お義母《かあ》さんも何か予定あんのんか？」

篤臣は、苦笑いで頷く。

「うん。うちも今日、昼休みに電話があったんだけどさ。せっかく身軽になったから、高校時代の、同じく旦那《だんな》さんが早く亡くなった友達と二人で、年末年始、パリで過ごす計画なんだって」

江南は思わず細く口笛を吹く。

「パリか！　さすがお義母さん、オッシャレやなー！」

「お洒落《しゃれ》かどうかはわかんないけど、父親が死んでから、母さん、やけにフットワークが軽いんだよな。あれこれ習い事したり、ボランティアしたり。あんなに活動的な人だとは思わなかったよ。子供時代は、学校から帰ったら必ず家にいたからさ」

「そら、お前、やっぱしひとりは寂しいから違うか？　あれこれやって、ひとりぼっちの時間をできるだけ作らんようにしてはるんやろ」

そんな江南の考えに、篤臣は曖昧《あいまい》に頷く。

「なのかなあ。なんか、戸惑うよ。人が変わっちまったみたいで」

「大袈裟《おおげさ》やな」

「お前ほどじゃねえっつの」

ちょっと悔しそうに薄い唇を尖らせた篤臣は、なんとなく手持ちぶさたな顔つきでこう言った。

「しかし、両方の実家がそういうことなら、今年は帰省はまったくなしだな」

「せやな。なんや、いっつも年末年始はバタバタ忙しゅうて疲れると思うてたけど、いざ何もないとなると、今から拍子抜けやな」

「ホントにな。ま、一度くらい、二人きりの正月もいいだろ。あ、でもお前はアレか、年末年始、当直が入るか」

「んー……」

すぐには同意せず、しばらく腕組みして考え込んでいた江南は、急にいたずらっ子のような表情になって、こう言った。

「いっつもやったら、当直の一回や二回は入れなあかんやろけど、今から塩梅《あんばい》したらなしでいけるかもしれへんな。それなり下の奴も増えたし」

篤臣は、急に明るくなった江南の表情に戸惑いながら言葉を返す。

「いや、無理しなくていいって。俺は慣れてるから、ひとりでも大丈夫だし」

「それより、お前や。お前はどないやねん。毎年、年末年始は解剖が入っとるやろ。あれ、抜けられへんか?」

「うーん……」

篤臣はやっぱりしばらく考え、「うちは、臨床と違って人がいないからなあ」と嘆いてから、こう答えた。

「ただ、今は城北《じょうほく》先生と美卯《みう》さんが両方いるから、ある程度都合はつけられると思う。美卯さんは実家が近いらしいから、帰省もそんなに大変じゃないって言ってたし。何か、予定してることがあんのか？」

「いや、今思いついた」

江南はテレビを指さす。いつの間にかおせち料理の試食会は終わり、番組は、「今からでも間に合う！　年末年始の旅行プラン！」というコーナーに変わっていた。

篤臣は、ギョッとして江南を見る。

「まさかお前、旅行に行こうとか考えてる？」

江南はニヤッと笑って頷いた。

「おう。こんな機会、もう当分はあれへんやろし。どうせやったら、俺らもどーんと外国行こうや。パリ……はちょっと俺は肩凝るし、寒そうやしアレけど、せや、ハワイとかどないや！」

「は……ハワイ……」

あまりに唐突な江南の思いつきに、篤臣は目を白黒させる。かつてアメリカのシアトルに留学していたので、アメリカ自体は慣れ親しんだ土地だが、ハワイというと、そこに南国イメージが加わり、篤臣にとっては未知の世界だ。

「おう、ハワイ、ええと思わんか？」

「い……いや、いいとか悪いとか、考えたこともなかったな。お前、マジでハワイなんか行きたいのか？」

「まあ、お前と一緒やったらどこでもええねんけど、どうせやったら日本と気候が違うとこへ行きたいやないか。ハワイは行ったことあれへんしな」

「俺もない。イメージ的に、古くさい観光地って感じがして、行こうと思ったこともなかったよ。最近は、また流行《はや》りみたいだけどさ。パンケーキやら、ドーナツやらで」

「俺はいっぺんは行ってみたいと思うてたで、ガキの頃から」

「子供の頃から？」

江南の発言に、篤臣は意外そうに声のトーンを上げた。

「子供の頃って、具体的にはいつ頃だ？」

「小学校の……せやな、まだ低学年の頃や」

江南は半ば冷めてしまった薄めの焼酎お湯割りを飲み干し、ソファーに深くもたれて、懐かしそうに目を細めた。篤臣も、興味深そうに耳を傾ける。

「そりゃ、えらく昔からだな」

「うちは客商売やっとったから、人様が休みのときが稼ぎどきやろ。親父は、まとまった休みなんかいっぺんもとったことがあれへんねん。海外旅行なんぞ、夢のまた夢やった。そんなとき、親戚《しんせき》の誰かが新婚旅行でハワイ行った言うて、あの、丸いナッツが二つ並んで入ったチョコレートあるやろ、有名なやつ」

「ああ、マカダミアナッツチョコレート？　あれ、古典的だけど旨いな」

「な！　あれをでっかい箱でもろて、鼻血出るまで食うて、親にしばかれた。ほんで、空港でフラダンスのお姉ちゃんが花輪を首にかけてくれるとか、外国人の女の人はみんなココナッツの匂《にお》いがするとか、七色のかき氷があるとか、パイナップルを二つ割りにして、そこに色々フルーツ盛りつけて、ちっこい紙の傘立ててあるとか、そんな土産話《みやげばなし》を聞かされて、羨《うらや》ましいてな」

　半ば呆れ顔で、篤臣は笑い出す。

「なんだ、そりゃ。マジで古典的なハワイだな」

「そら実際、大昔やし。今はもっと垢抜《あかぬ》けた遊びも色々あるんやろけど、やっぱし憧《あこが》れの地やなあ」

「ふうん。まあ、俺もこれまであんま考えたことがなかっただけで、別に悪印象はないな。さっきお前が言ってたマカダミアナッツだの、ビーフジャーキーだの、よくお土産にもらって食べた記憶があるし」

「せやろ！　なあ、この際やし、思いきって行こうや！」

　さっき鳴いたカラスがなんとやら、江南は大張りきりで今度は自分が篤臣の肩を抱く。篤臣は、抗《あらが》わずに江南に身を寄せつつも、心配そうに言った。

「うーん、まあ明日、年末年始のスケジュール、美卯さんに相談してみるけど。肝心の旅行のほうは、今からでもツアーとか予約できるのかな？　もう満席じゃないのか？」

「そら、まかせとけ。スケジュールさえなんとかなるようやったら、あとは俺が空いてるツアーを探しまくる！」

「お、おう」

あまりの乗り気ぶりにちょっと引き気味の篤臣にかまわず、江南は上機嫌で篤臣をぐいと抱き寄せた。決して貧弱なわけではないのだが、いつになっても肉づきの薄い身体を、ガッチリした長い腕の中に閉じこめてしまう。

「どうせやったら、長年の憧れの場所に、お前と二人で行きたいねん。ハワイやったら、新婚旅行気分で行けそうやないか」

「……言うと思ったよ」

口ではゲンナリした調子でそう言いつつも、篤臣の顔は笑ってしまっている。

実家の建て替えでしょんぼりしていた江南が元気を取り戻しただけでも、篤臣は十分に嬉しいのである。

「目先の楽しみができたやないか。……いや、もっと目先はこっちやけど」

そう言って、江南は楽しげに篤臣の頰に音を立ててキスをした。肩を抱いていた手が、篤臣のシャツの襟からスルリと入り込み、鎖骨の上を思わせぶりになぞる。

じゃれるように誘われて、篤臣はくすぐったそうに首を縮こめた。

「なんだよ、その気か？」

「俺がその気でないときなんかあれへん」

「はいはい、そうでした」

笑いながら、篤臣はジリジリとのしかかってくる男の分厚い胸板に押され、そのままソファーに仰向《あおむ》けに倒れ込む。

「なあ……ここですんのは、ちょっと」

盛り上がるのは結構だが、ソファーを汚すのは、あとのことを考えるとちょっと……と渋る篤臣の上にのしかかり、江南は低く笑った。

「せえへんて」

「……マジ？　でも今お前、その気だって……」

「お前、えらい疲れた顔しとる。今日、解剖やってんやろ？」

そう言うと、江南は篤臣を抱えたまま、ソファーの上でごろんと器用に体勢を入れ替えた。

あっという間に江南の上にうつ伏せ状態になり、篤臣はやや戸惑いながらも正直に頷く。

「うん。交通事故の症例だったから、凄く時間かかってさ。朝の九時半から始めて、終わったの、夕方の六時過ぎだった」

「そっから、俺が帰れるて言うたから、大慌てで買い物行って、飯作って、風呂に湯を張って……えらい大変やったやろ」

そう言いながら、江南は愛おしげに篤臣の頬を撫で、柔らかな髪を指で梳《す》く。篤臣は気持ちよさそうに、江南の大きくて温かい手のひらに頬を押し当てた。

「ん。正直言えば、ちょい大変だった。けど、せっかくお前が帰ってくるんだ、ちゃんとした飯と、あっつい風呂で迎えてやりたかったからな。そうできて、お前がちゃんとリラックスしてるのを見て、俺は凄く満足だよ？」

「可愛《かわい》いこと言うてくれるやないか」

促されるままに、篤臣はゆっくりと江南に顔を近づけ、唇を重ねた。途端に後頭部を押さえ込まれ、弾力のある唇に何か言おうとした声を奪い取られる。

「……ん、っ」

決して肉欲を煽《あお》らない穏やかなキスではあったが、それでもたっぷり時間をかけて篤臣の唇を十分に味わってから、江南は満足げに息を吐き、両腕でギュッと篤臣の背中と腰を抱いた。

「息苦しいよ」

江南の広い胸に両手を突いて文句を言いながらも、篤臣はまんざらでもなさそうに笑う。そんな篤臣の頬や鼻の頭に幾度も小さなキスをして、江南も病院では決して見せない無防備な笑顔を返した。

「飯も風呂もそらぁありがたいけど、やっぱし、これがないとな。お前のぬっくい身体を抱きしめて、やっとこさホンマに気が緩む。これで万全や」

「江南……」

「せえへんから言うて、別に枯れたわけやないぞ？　断じて、そういうわけと違うからな」

妙なことで念を押してから、江南はこう続けた。

「せやけどこれ以上、お前に無理さしたくはないねん。俺も疲れとるし、別に凄い我慢してるっちゅうわけでもない。……今夜はこうして、お前の重さを感じて、ただくっついとりたいねんけど、それやったら期待ハズレか？」

「別に。俺はお前と違って、常時ガツガツしてるわけじゃねえし。期待ハズレっていうより、むしろ新鮮だよ、このパターン」

笑いを含んだ声でそう言いながら、篤臣は微妙に身体をずらし、江南の胸の上に頭を預けた。

「それに、俺もこれ、嫌いじゃないよ。なんだか妙に安心する」

「なんや、お前もか」

「うん。別に、ひとりが寂しいとかそういうわけじゃないんだけどさ。慣れてるし、お前がいない夜だって、テレビ見たり本読んだり、それなりに楽しく過ごしてる。自分のこれからの仕事のことをじっくり考えたりしなきゃいけないときもあるし、ひとりの時間も全然悪くない。お前だってそうだろ？」

ジャージ越しに江南の体温と鼓動を感じつつ、篤臣はボソボソと喋る。そんな篤臣の髪の感触を指先で楽しみながら、江南は軽い相づちを打って先を促した。

「そらまあ、そやな」

「けど、やっぱりお前がいないときは、留守を預かってるって気持ちで、ちょっと気負ってるのかも。お前がいて、こんなふうに一緒にゆったりしてるときが、いちばんホッとするんだ」

「アメリカから帰って以来、寂しい思いさしてるもんな」

「そうでもないよ。……って言ったからって、すぐにガッカリすんな、馬鹿」

言うより先に眉尻で「ガッカリ」を表現してみせた江南の高い鼻を摘《つ》まんで、篤臣は小さな声を立てて笑った。

「アメリカに留学してたときは、毎日一緒にいられたし、二人でいろんなことができてそりゃ楽しかったけどさ。その代わり、一緒にいるのが当たり前だったから、お互いのことを大事に思う機会とかが、逆に少なかったなって思う」

「……そう言うたら。そうかな」

「うん。今のバランス、俺は気に入ってるよ。ひとりの時間が持てて、俺もお前も仕事に打ち込めて、二人の時間もちゃんとあって。何より、ひとりでここにいるとき、お前は今頃どうしてるかな、ちゃんと食って眠れてるかなって、お前のことを考える時間があるのがいい。次にお前が帰ってきたら、こんなこと話そうとか、色々さ」

「言われてみたら、ホンマにそうやな。俺も当直しとる夜、お前に電話しょっかなって思う前に、時計見て色々考える。八時くらいやったら、晩飯食うてるかなって思うし、十時過ぎやったら、今頃テレビで映画見とる頃かな、今かけたら邪魔してもうて機嫌悪いかな、とかな」

「それでいつも、やたら十一時過ぎに電話してくんのかよ。映画終わった頃だと思って？」

「せやで。思慮深いやろ、俺」

江南は得意げにそう言ったが、篤臣は呆れ顔で言い返した。

「馬鹿、映画が終わったら、俺はのんびり風呂に入るんだよ」

「……あ」

「だいたい、脱衣所で半分脱いだくらいのときに電話してきやがって。いや、別にいいんだけどさ」

「……ほなお前、風呂にケータイ持ち込んどるんか」

「い、一応な！　だって……お前がせっかく電話してくれてるのに出そびれるとか、嫌だろ！」

「今日は可愛い台詞《せりふ》の出血大サービスデーやな」

江南はちょっと赤くなった篤臣の顔を愛おしげに見上げ、片手で腰のあたりをぽんぽんと叩《たた》いた。

「ほんで？　今日は俺とどんな話をする予定やったんや？」

「う……。まあ、正月の話がいちばん大事で、あと細々した話があった気がするんだけど……ハワイで全部吹っ飛んじまった」

「そらすまん。……けど真面目な話、スケジュールの件、急ぎで相談しといてくれや。できるだけはよ申し込まな間に合わんやろし」

「わかった。明日、必ず美卯さんに話して、頼んでみるよ」

「おう」

江南は満足げに頷いたものの、篤臣の腰に置いた手をどかそうとはしない。篤臣は、片手の指先で、ピアノでも弾《はじ》くように江南の胸を叩いた。

「なあ、いつまでもこんなことしてると、俺、眠くなっちまうぞ。この体勢だと、お前と違って俺は全然重くないし、お前、やたら温かいし」

「かめへん。お前が寝てしもたら、ちゃんとベッドまで運んだるし。俺はもーちょい、布団みたいにお前を被《かぶ》ってたい気分やねん」

「ずいぶん重い布団だな。ベッドの羽布団のほうが気持ちいいと思うけど。電気毛布も出したぞ？」

「俺は、お前のほうが気持ちええねん」

「ふうん……。ま、好きにすればいいけど」

諦《あきら》め顔で笑って、篤臣は本当に目を閉じた。

台所の洗い物をしなくては、とか、自分も風呂に入らなくては、とか、色々とすべきことが頭を過《よ》ぎるのだが、そうしたタスクよりも、江南の望むままに、存分に甘やかしてやりたいと思う欲求のほうがずっと強いのだ。

全身の力を抜き、規則的にゆっくり上下する江南の胸に耳を当て、心臓の鼓動を聞くともなしに聞いていると、心が凪《な》いだ海のように穏やかになり、今日一日の疲れがジワジワと間合いを詰めてくる。

(ハワイ、か。なんだか年末年始をハワイで過ごすなんて、どっかの芸能人みたいで恥ずかしいけど……江南と二人なら、それも楽しいかも)

さほど気乗りがしないふうを装いつつも、忙しい帰省スケジュールをパスして、誰からも邪魔が入らない外国で江南とのんびり過ごせると思うと、それだけで心が浮き立ってしまう篤臣である。

(たまにはそんな贅沢《ぜいたく》な休暇も、いいよな……)

何度も繰り返し、手遊びのように髪を梳く江南の指を心地よく感じながら、篤臣は本当に、ゆるゆると眠りに落ちていった。

翌日の昼前、篤臣はK医科大学の解剖室にいた。朝一番で司法解剖が一件、入ったのである。

（つくづく昨夜《ゆうべ》、江南が思いとどまってくれてよかった。最後までやっちゃってたら、今日、怠《だる》くて仕方なかっただろうな）

密《ひそ》かにそんなことを思いながら、篤臣は使い終わった解剖器具を深いシンクで洗い始めた。今朝《けさ》は、城北教授が書記を引き受けてくれたので、上司である中森美卯《なかもりみう》と二人で組んでの解剖である。

去年、篤臣は晴れて鑑定医となり、自分の責任において司法解剖を行えるようになった。とはいえ、事務手続き上独り立ちしたからといって、いきなり何もかもを独力でこなすには経験不足である。

城北や美卯のアドバイス及び厳しいチェックを受けながら、彼は一つ一つ症例をこなし、解剖だけでなく、その後の検査指示や鑑定書作成、ひいては法廷で鑑定人として証言台に立つことまで、ありとあらゆる経験を積みつつあった。

そんな篤臣に、摘出して調べ終わった腹部臓器を腹腔《ふくくう》内に戻した美卯は、時計を見上げてから声をかけた。

「ねえ、悪いんだけど、縫合と後片づけ、まかせちゃってもいいかしら。何か予定ある？」

篤臣は丁寧に洗った器具をステンレスのトレイに上げ、訝しげに返事をした。

「別にかまいませんよ。俺が鑑定医なんで、遺族への説明も俺が行きますし、片づけは昼を済ませたあとで、のんびりやります。でも、美卯さんこそ何かあるんですか？」

「んー……ちょいと、野暮用がね……」

口ごもった美卯は、周囲にいる刑事たちには聞こえないよう、篤臣に近づいて小声で言った。

「城北先生にはもう言ってあるんだけど、実は今日、うちの母親が入院してくるのよ」

「ええっ？　あ、す、すいません」

思わず驚きの声を上げて美卯に睨まれ、篤臣は慌てて声を抑えて訊ねた。

「あの、ご病気なんですか？」

美卯は手袋を外しながら頷く。

「ずっと胃の調子が悪いって言ってたんだけど、こないだ受けた人間ドックで引っかかったらしくてね。一度、ちゃんと調べておこうってことになったの。キシロカインショック持ちだから、外来検査じゃ危なっかしいでしょ。だからちょっと大袈裟なんだけど、ただの検査入院なのよ」

「それでも、大変じゃないですか。検査入院ってことは、三、四日？」

「何事もなければね。何か見つかったら、そのまま入院治療ってことになるかもだし、そこは流動的」

「ふわあ、マジで大変だ。胃ってことは、消化器内科ですか？」

「ええ、そうよ。城北先生に念のためお知らせしたら、消化器内科の教授に連絡してくださったの。是非、楢崎《ならさき》先生を主治医にって」

「うわ。それは……嬉しい、かな。いや、あいつは凄く頼りになりますけど、けっこうなサディストですよ」

篤臣は、思わず眉をひそめた。消化器内科の楢崎医師とは、篤臣や江南と同窓の楢崎千里《ちさと》のことである。

研究論文のため、法医学教室に通って実験を続けているので美卯とも懇意であるし、篤臣が自宅で虫垂炎をこじらせて動けなくなっていたとき、駆けつけて助けてくれた恩人でもある。

しかし、自宅で虫垂炎の診断をつける際、やけに楽しげに篤臣の下腹部を圧迫し、手を離した途端、激痛でもんどり打つ篤臣を見てそれはそれは嬉しそうだった楢崎の顔を思い出すと、美卯の母親への同情を禁じ得ないのである。

しかし美卯は、篤臣の懸念をあっさり一蹴《いっしゅう》した。

「ただの検査入院だもの。母が勝手なことしないように、厳しい主治医くらいがちょうどいいわ。万が一、胃を切るなんてことになったら、今度は消外に回されるわけだから、その場合は江南君のお世話にもなるかもだけど」

「そうならないことを祈ってますよ。とりあえず、早く行ってあげてください。あと、落ち着いたら、俺もご挨拶に行っていいですか?」

「きっと喜ぶわ。娘の仕事に興味津々みたいだから。……じゃ、悪いけど行くわね。お先に失礼します」

書記席で死体検案書の事務的な項目を書き始めている城北にも一言かけて、美卯は足早に解剖室を出ていく。

検査目的だからと平静を装った口調で言っていたが、やはり家族の入院ともなれば、普段は剛胆な美卯も心配なのだろう。

「たいしたことなけりゃいいけど。……つか、こんなときにとても言い出せないよなあ、正月だの、ハワイだの……」

自分もなんとなく気が塞《ふさ》ぐ思いで呟き、篤臣は洗い物を中断して、縫合用の針に手を伸ばした……。

二章　おひとりさまの受難

「そうそう、この雑誌！　毎月買って読んでるんだけど、病院の売店には置いてなかったのよ。一応、入院患者なんだし、本屋さんに買いに行くのもアレでしょ。ごめんなさいねえ、娘の部下だからって、お使い立てしちゃって」

そんな言葉に、篤臣は困惑気味の笑みを浮かべた。

「あ……いえ、俺もちょうど書店に行く用事があったので、ついででしたし。お役に立てて、よかったです」

声の主は、ベッドの上に身を起こしている初老の女性……中森美卯の母親、ミドリである。

昨日、彼女が入院して以来、篤臣がここを訪れるのは二度目だった。

昨日の夕方は、美卯に連れられてきて、初対面の挨拶をした。そして今日はひとりで、ミドリに頼まれた雑誌を届けに来たのだ。

午後三時を過ぎているので、今日の検査はすべて終わったのだろう。ミドリはとても退屈そうにしていて、篤臣をベッドサイドの椅子《いす》に座らせると、それはもう元気にお喋りを始めてしまった。

好奇心も手伝って、少しくらいなら……と世間話につき合うことにした篤臣だが、相づちすら打つ暇のないマシンガントークに気圧《けお》され、席を立つタイミングを見失ったまま、おそらくはもう三十分以上が経過しているはずだ。

（さすがに、そろそろＤＮＡの増幅終わってそうだから、戻りたいんだけどな）

そう思いながらも、元来、気の優しい篤臣は笑顔のまま、尽きる気配のない世間話に愛想よくつき合っていた。

「でね、永福先生。実際、うちの美卯はどうなの？」

いきなり真顔で問われて、篤臣は面食らって目をパチパチさせる。

「どう、とおっしゃいますと……」

美卯によく似た、美人というよりは気っぷのいい顔をしたミドリは、ワクワクを抑えきれないいたずらっ子のような顔で訊ねてきた。

「教授の部下って、美卯と永福先生の二人だけなんでしょ？　美卯はちゃんと、先輩らしく永福先生の指導をしてるの？」

ああ、と納得顔で、篤臣は即座に頷く。

「ええ、そりゃもう。俺、学生時代の実習から、美卯さんにはお世話になってますし。美卯さんはいつだって、頼りになる先輩ですよ」

「あらそう。じゃあ……そっちのほうはどうなの？」

「そっち？」

小首を傾げる篤臣に、ミドリは常識を語るような口調で声のトーンを上げた。

「職場恋愛！　あの子、そういう意味では魅力的じゃないのかしら。親馬鹿かもしれないけど、そう不細工でもないし、性格も……まあちょっと勝ち気ではあるけど、気立ては決して悪くないと思うのよ？」

「は……？」

目を白黒させる篤臣に、ミドリは「んもう」と焦《じ》れったそうに篤臣のほうに少し身体を傾け、声をひそめて問いかけてきた。

「だから、あの子は恋愛対象にはならないのかって訊《き》いてるのよ。あなたにとって、美卯は女性として魅力的じゃないの？」

思わずギャッと声を上げかけて、篤臣は危ういところで踏みとどまった。代わりに、両手を前に突き出し、上擦った声で意味不明の言葉を吐き出す。

「いや、そんな滅相もない、いやいやいやいや！」

「ええっ？　それって、全然駄目ってこと？」

「いや、そういう意味じゃないんですけど、でもあの、なんかそういうのと違ってですね。恋愛とかそんな感じには……」

「やっぱり脈なしなんじゃないの」

ミドリは若干不服そうにそんな篤臣を見たが、ふと、自分に向かって突き出されている彼の手を見て、酷くガッカリした顔つきになった。

「なあんだ、永福先生って、もう結婚してるの？」

「えっ？」

どうやら彼女は、篤臣の左手薬指のリングに気づいたらしい。しかしそれが、よくある結婚指輪とは違う、ややごつくてエキセントリックなデザインであるのを見てとり、まだ若干の期待を持って問いをどんどん重ねてくる。

「違うの？ もしかしてそれ、単なるお洒落？ 今どきの若い子って、そういうことは気にしないっていうものね。それとも、まだ彼女がいるってアピールをしているだけの段階なのかしら？」

「あ……あ、はあ、まあ」

「まあって、どの質問に、まあ、なのよ」

曖昧に応じて切り抜けようとした篤臣に対し、ミドリは執拗《しつよう》に食い下がる。

（ったく、昨日が初対面で、今日はまだ二度目だぞ？ なんでこう、おばさんって生き物は、

こうも人のプライバシーにドカドカ平気で入り込んでくるかなあ……。この押しの強さ、確実に美卯さんに受け継がれてるよ）

顔には出さないものの、内心は相当に辟易《へきえき》しながら、篤臣はキッパリと答えた。

「ええと、結婚してます。これ、れっきとした結婚指輪なので」

別に訊かれもしないのに、相手は同性であることをわざわざ言う必要はないが、「どんな人？」と問われれば、江南のことをきちんと説明するつもりの篤臣である。

シアトルの小さな教会で結婚式を挙げ、その後、互いの両親にそのことを報告したときに、とっくに腹は据わっているのだ。

これまでの温和そのものの態度とは少し違った強い口調に、ミドリは鼻白んだ様子だった。そこで自分のいささか行きすぎた質問に気づいたのか、恥ずかしそうに謝る。

「ごめんなさいね、そう、もう結婚してるんじゃ、恋愛対象も何もないわよねえ」

「あ……あの、すみません」

「いやあね、勝手に期待したのはこっちなんだから、謝らないで。でも、どうしてうちの子、ああも浮いた噂《うわさ》がないのかしらねえ」

「え？　いや……そう、なんですか？」

「そうなのよ！　あれでも、高校時代はけっこうもてたらしいのにね。医大へ行かせたのが間違いだったのかしら。どんどん、言動も着るものも男みたいにサバサバしてきて、なんだかもう……なんていうの？　オヤジギャル？」

「…………」

「それとも、私が知らないだけで、あの子、おつきあいしている人がいるのかしら。ねえ、ご存じ？」

「いや……どう、でしょう、ね」

一難去ってまた一難とはこのことだ。

ようやく自分自身が詮索のターゲットから逃れたと思ったら、今度は美卯のことで愚痴やら質問やらを始められて、篤臣は目を白黒させた。

もう帰りたい。仕事の続きがしたい。

切実にそう思い始めたそのとき、救いの神が現れた。

主治医の楢崎千里が、ノックとほぼ同時に病室に入ってきたのである。

「中森さん、ご気分如何《いかが》で……おや、永福先生」

篤臣の姿を認めて、楢崎はわずかに眉を上げたが、別に驚いたふうはなかった。ただ、連日見舞いとはマメな奴だと言いたげな視線をチラと投げかけてから、ミドリに話しかける。

「今日は検査がたくさんあったので、お疲れかと思って様子を見に来たんですが、お元気そうですね」

「あらっ、楢崎先生！　お世話になってます。いいえ、十分すぎるほど疲れたんですよ。相変わらず、胃も痛いし。それで先生、検査の結果は……」

「あ、じゃあ俺、これで失礼します。また、何か買い物とか用事があったら、ご遠慮なく内線で連絡ください」

この絶好のチャンスを逃すと、本気でここから逃げ出すチャンスがなくなる。そう直感した篤臣は、素早く口を挟んで立ち上がった。

「あらあ、そう？　じゃあ、また来てね」

ミドリは少し名残惜しそうにそう言ったが、楢崎の手前、篤臣を引き留めようとはしなかった。

病室を無事に脱出したところで、篤臣は思わず壁にもたれ、肺がぺちゃんこになるほど深い溜《た》め息《いき》をついた。

「はあああ……なんだか、いろんなものを吸い取られた気がする……」

昨日は美卯もいたので、よく喋る人だな、くらいの印象しかなかったのだが、今日はなかなかの攻撃を食らった気分である。

相手がまさに天真爛漫《らんまん》で、まったく悪気がなさそうなだけに、そして何より美卯の母親なだけに、冷淡にあしらうこともできず、余計に気疲れしてしまったらしい。

（うちのお母さんだってよく喋るほうだけど、ああいうアグレッシブな感じじゃないよな。相手の話を、わりによく聞いてくれるほうだし）

ふと、自分の母親世津子《せつこ》のことを思い出しながら、篤臣は気を取り直してエレベーターホールへと足を向けた。すれ違う患者と軽い会釈を交わしつつ、思いを巡らせる。

夫を亡くし、ひとりになってからというもの、世津子は月に一度くらい、ふと思いついて、という軽い感じで篤臣に電話してくる。

かつて、江南のことを篤臣の配偶者だと認識するには時間がかかる、けれどもうひとり息子が増えたと思うことはできる……と言ったとおり、江南が元気かだとか、仕事に根を詰めすぎていないかとか、電話のたびに江南のことを心配して、篤臣を質問攻めにする。

ほんの時々ではあるが、江南に直接、世間話目的で連絡してくることもあるらしい。

時には、実子の自分より、江南のほうを気にかけているのではないかと思ってしまうほどだが、篤臣はそれをありがたく思いこそすれ、自分たちの生活を詮索されていると感じたことはない。

(でもやっぱ、それは実の親だからなのかな。江南にとっては、さっきの俺みたく、ちょっと鬱陶《うっとう》しかったりするのかな。江南のご両親は、あんまり頻繁に連絡してこないもんな。たまに差し入れって言って食べ物を送ってくれるついでに、おかみさんと短い手紙のやり取りをする程度だし)

どこか反省めいた気持ちを抱きつつ、篤臣は大きなエレベーターに乗り込んだ。三階で降り、渡り廊下を通って基礎棟へと機械的に歩き続ける。

（子離れ親離れって、意外と難しいのかもしれねえな）

本来ならば、さっさと頭を仕事モードに切り替えるべきだとわかっているのだが、篤臣の思考は、いつまでも母親たちのことに占められていた。


篤臣が法医学教室に戻ると、午後から裁判の証人喚問に出ていた美卯が戻ってきて、愛用のマグカップでお茶を煎《い》れているところだった。

「あれ、美卯さん。もう帰ってきたんですか……って、うわっ、四時過ぎてる」

「ただいまでお帰り。どうしたの、なんだかヘトヘトの顔して……って、もしかして、母のところに行ってくれたの？　あの雑誌を届けに？」

「はあ、行ってきました。一時間ちょい、つかまりましたよ」

洞察力の鋭い美卯に隠し事をしても始まらないので、篤臣は正直に事実を告げ、自分も机の上から空っぽのマグカップを持ってきて熱い玄米茶を煎れた。

美卯は椅子にかけ、ああもう、と情けない声を上げて両手で顔を覆った。

「迷惑かけてごめんね。だから、私の机の上に置いといてくれたら、自分で持っていくからって言ったのよ。買い物をまかせちゃっただけでも申し訳なかったのに」

「いやだって、きっと入院生活は退屈だろうし、早く読みたいだろうって思ったんで。気にしないでくださいよ」

篤臣がそう言うと、美卯は顔から手をどけ、きちんとアップにまとめていた髪をほどき、手櫛《てぐし》でバサバサとほぐしながら煩わしそうに言った。

「永福君は優しいから、そういうこと言ってくれちゃうのよね。……でもやっぱり、ごめんなさい。きっと、無神経な詮索を色々したでしょ？　悪気はないんだけど、新しい知り合いとお喋りしたくて仕方がないのよね。今、実家でひとり暮らしなもんだから」

美卯の言葉を聞き咎《とが》め、篤臣は両手でマグカップをくるむように持ち、手のひらを温めながら不思議そうに訊ねた。

「ひとり暮らし？　あれ、美卯さん、お父さんはお元気だって……」

「元気よ？　家にいないだけで」

「え？　それって……」

「あ、ううん、不仲とかそういうことじゃなくて、単に仕事の都合。うちの父、工場の食品加工用のマシンを製造、設置するのが仕事なの。今、マレーシアに単身赴任中なのよ」

「へえ……。そりゃ美卯さんのお母さんも、心細いでしょうね」

自分も留守を守ることが多い立場だけに、篤臣の声には同情の色があったが、美卯は苦笑いで曖昧に首を振った。

「心細いっていうか、つまらないんだと思うわ。娘の私が呆れるくらい、よく喋る夫婦だから」

「仲良しでいいじゃないですか」

「傍目《はため》にはいいでしょうけど、私は大変よ。今回も、ただの検査入院なのに、父ときたら仕事を放り出して帰ってこようとするんだもの。叱《しか》りつけて思いとどまらせたけど」

「うわ、ラブラブだ」

「ホントにね」

情けない顔で笑って、美卯は少し冷めたお茶を啜《すす》った。そして、はあ、と肩を落としてこう続けた。

「ねえ。私のこと、あれこれ言われたでしょ」

「えっ？　あ、いや、別に……」

「嘘《うそ》。永福君は、嘘がつけないんだから。全部、顔に出てるわよ」

「うう……す、すいません」

しらばっくれようとして見事に失敗し、篤臣は、やはり美卯に隠し事は無理だと再確認する。美卯は少し口調を和らげ、疲れた笑みを浮かべた。

「別に怒ってるんじゃないのよ。どうせ、私と恋愛する気はないかとか、そんなこと言われたんでしょ？」

篤臣は少し驚いて、美卯のミドリとよく似た顔を見る。

「なんで知ってるんです？」

「自分たち夫婦がいつまでも仲良しなもんだから、独り身の娘の身の上が心配になるらしくてね。前から、お見合い写真を持ってきたり、お友達の息子さんとくっつけようとしてみたり、色々やらかしてるの、うちの母」

「……はあ。そりゃ大変だ。っていうか、お母さんと話してて、俺、思ったんですけど」

「何？」

「俺、江南とのことはほとんど全部美卯さんに知られてますけど、美卯さんのことはなんにも知らないなあって。さっきお母さんに、美卯さんに彼氏がいるかどうか訊かれたんですけど、知らないから答えられなかったですし」

「たとえ知ってても、あの人に答える必要はないわよ！」

ピシャリとそう言ってから、美卯は降参だとでも言うように小さく両手を挙げた。

「またしてもごめん、なんだかちょっと疲れてるのかな。つい八つ当たりしちゃって、悪かったわ。……っていうか、見栄を張らずに正直に言えば、あんたたちと違って、私には話すようなことが何もないのよ」

篤臣は、躊躇《ためら》いながらも問いを発する。

「それってつまり、彼氏なしってことですか？」

美卯は、少し決まり悪そうに手を下ろす。

「そ。最後に男の人とつき合ってたのは、医者になって二年目までかな。医大時代からつき合ってた先輩だったんだけど、お互い仕事が忙しくなって、だんだん疎遠になって、自然消滅の流れ」

「……あー……よく聞きますね、そのパターン」

「そうなのよ。あとは仕事が楽しくなっちゃって、そういうのはもう面倒でね」

「……はあ……」

女どうしで話すような話題を振られて、篤臣の返事はどうにもエッジが鈍くなる。それに気づいた美卯は、「あー、ホントにごめん」と頭をガシガシと掻《か》き、また嘆息した。椅子を少し引き、タイトスカートから覗《のぞ》く脚を椅子から持ち上げて真っ直ぐ伸ばす。

そんな奇妙なポーズで腕まで動員して伸びをしてから、美卯は少し気持ちを切り替えたらしき笑顔で言った。

「なんだかね、ただの検査入院だって言ってるのに、本人はかなり疑心暗鬼になっちゃってるみたいなのよ。こんなに痛みがあるんだし、胃炎だの胃潰瘍《いかいよう》だの、ずいぶん経過が長いものだから、とうとう胃癌《いがん》になったんじゃないかって」

「ああ、それは……確かに、無理もないですよね」

「うん。それで自分のことも不安でいっぱいなんでしょうけど、あとに残される父と私のことまで心配し始めちゃってね。入院前に家じゅうを片づけて、何がどこに入ってる、預金口座はこれ、株券はここととここって、それこそエンディングノートまがいのものを作り上げちゃったりして。絶対、連日睡眠不足よ」

「うわあ……。入院前にヘトヘトになるパターンだ」

篤臣の素直な感想に、美卯はまた肩を竦《すく》めて同意に代える。

「おかげで、昨夜は枕《まくら》が変わっても眠れたみたいだけどね。……で、父はともかく、独身で行き遅れの娘のことが心配で心配で仕方なくなっちゃったらしくて、自分が元気なうちにウエディングドレスを着てくれだの、本当は彼氏がいるなら、絶対に反対しないから紹介してくれだの、なんだかまるで、私が病の根源みたいな扱いなのよ。私の行く末を思うと、胃の痛みが倍増するとか言われちゃって」

「あははは、なるほど」

「笑い事じゃないって!」

「まあ、確かに。そのメンタルな悩みのことは、楢崎には……?」

「昨日、入院時のコンサルトで山ほど聞かされたよ」

「!」

ロッカーの向こうから聞こえた男の声に、美卯と篤臣は驚いてそちらを見る。ぬっと顔を出したのは、渋い顔の楢崎である。いや、もともとどちらかといえば身内には愛想の悪い楢崎なので、不機嫌というほどではなく、ただ多少うんざりしているといった表情だ。

「楢崎君。ごめんね、母が迷惑かけてないかな」

美卯は、楢崎にお茶を煎れるためにすぐ立ち上がる。法医学教室に足繁く通っているだけに、セミナー室にはすでに楢崎専用のマグカップが置いてある。

いつもなら年長者の美卯に気を遣い、自分でやると言うところだが、今回に限っては、美卯の母親の主治医という立場を満喫することにしたのか、楢崎は篤臣の隣に腰を下ろし、口を開いた。

「一応、昨夜は睡眠導入剤を処方したんですが、使わずに済んだようですよ。なるほど、入院前の準備が入念すぎて、消耗して熟睡できたというわけですか」

「なんだよ、楢崎。またお得意の立ち聞きか？　趣味悪いぞ」

篤臣の軽い非難を、楢崎は指先で眼鏡を押し上げ、鼻であしらう。

「何を言うか。ノックをしても応答がなかったから、しばらく扉を開けて待っていたんだ。そのとき、漏れ聞こえただけのことだ。……秘書さんは？」

「あら、言ってなかった？　先週から産休に入ったのよ。新しい人は、年明けにならないと来ないんですって。はい、お茶どうぞ。お疲れさまでした」

そう言って、美卯はマグカップを楢崎の前に置いた。ついでに、駄菓子をこれでもかというほど積み上げた菓子盆もその横に並べる。

法医学教室としてはかなり上等の部類に入る「おもてなし」に、楢崎はさすがに若干居心地が悪そうに身じろぎした。

「別に、お母さんの主治医を引き受けたからといって、そんなに気を遣っていただく必要はありませんよ、中森先生。……それより、永福は知ってますが、さっき、お母さんと今日やったもろもろの検査について話をしてきたんです。中森先生にも一応お伝えをと思いまして」

「呼んでくれたら、私が出向いたのに」

「いや、ここで話すほうが気楽なんですよ。内科のカンファレンスルームは、けっこう人の出入りが激しいもので」

「そう。じゃあ、お言葉に甘えて、ここで」

美卯は、楢崎に向かい合って座り、神妙な顔をする。篤臣はさりげなく席を立とうとしたが、美卯はそれを制止した。

「よかったら、永福君も聞いておいて。母がお世話になることもまだあるだろうし、そのとき、病状を知っておいてもらったほうがいいと思うから。母が、変なかまをかけないとも限らないしね」

「ああ、確かに。じゃあ、他言はしないとお約束するってことで」

「江南君にならいいわよ」

クスッと笑ってそう言い、美卯は楢崎に向き直った。

「それで、母はどうなのかしら?」

楢崎は、机の上で両手の指を軽く組み合わせ、いかにも内科の医者らしい滑らか、かつ事務的な口調でこう言った。

「今日は各種血液検査と、胃内視鏡検査、それに内視鏡下生検をしたんですが、滞りなくすべて終了しています。特に中森先生のお母さんはキシロカインショックの既往がおありなので、内視鏡検査には時間をかけました」

美卯は、自分が胃カメラを飲んだときを思い出したのか、しかめっ面で楢崎に問いかけた。

「素人《しろうと》みたいなこと訊いて悪いけど、実際、臨床については素人なんだから許してね。胃カメラって、キシロカインなしで飲めるものなの？　凄く大変なんじゃない？」

すると楢崎は、クールに口角だけで笑って軽くかぶりを振った。

「もちろん、なんの前処理もせずに内視鏡を突っ込むような非道な真似《まね》はしませんよ」

篤臣も、興味津々で身を乗り出した。

「麻酔の代わりに、前処理に何を使うんだ？」

楢崎は、同じ医師でありながらあまりにも臨床に疎い目の前の二人を、軽い呆れ顔で見比べながら答えた。

「トランキライザー。安定剤をかけて、ぼんやりしたところで手際よく検査を済ませるのが、検査担当者の腕の見せ所だよ」

「ああ、そういうこと。……それで、結果は？」

心配そうな美卯に、楢崎は簡潔に答える。

「データは明日以降、順次上がってくると思います。内視鏡で肉眼視した限りでは……微妙ですね」

「微妙？」

美卯は眉をひそめる。楢崎は、盛大に湯気の立つマグカップをじっと見下ろし、頷いた。

「ええ。確かにかなり長期にわたって、胃炎、胃潰瘍を繰り返してきたせいで、かなり胃粘膜に瘢痕《はんこん》化が見られます。小さなものですがポリープもいくつか見つかりましたし、ちょっと疑わしいびらんも数箇所、すべて生検に出してありますが……」

「疑わしいっていうのは、癌化しているかもってこと？」

「はっきり言えば、そうですね。あと、瘢痕化が胃の出口……ああいや、同業者だから専門用語でいいのか、幽門部狭窄《きょうさく》を起こしているので、それも問題です」

「あらま……」

「あと、逆流性食道炎も長く患っておられたようですね。ご本人にお訊きしたら、案の定、胸焼けとか、胸の痛みを自覚したことがしょっちゅうあるそうです」

「うう……ごめんなさい。娘の管理能力不足で」

美卯は恥ずかしそうに詫《わ》びた。いくら臨床医学に従事していないといえども、医師である自分が、母親の健康を管理できなかったことを情けなく思っているのだろう。

楢崎は、ごく儀礼的に慰めの言葉を口にした。

「仕方がありませんよ。いい年をして、いつまでも親とベッタリというわけにもいかないでしょうし。きつい言い方ですが、これはむしろ、自己管理能力の問題です」

「おい、楢崎」

さすがにそれは厳しすぎるだろうと、篤臣は小声で楢崎を窘《たしな》める。だが楢崎は、まったく感情のこもらない声で「失礼」と一言で非難を受け流し、美卯に告げた。

「つまるところは今回、検査入院していただいて正解だったということです。悪性化していればもちろんですし、万が一、現段階では良性の病変ばかりだったとしても、近い将来、悪性に転じる可能性は大だという印象です。このまま放置しておくことはできません」

淡々とした説明を受けて、美卯は溜め息交じりに言葉を返した。

「どっちにしてもこの際、根本的な治療が必要ってことね？」

「ええ。ああ、ただ、ご本人にはこういう告知はしていません。事前に中森先生から、お母さんはずいぶんと胃癌を疑っておられるようだと伺っていたので、はっきりした検査結果が出ないうちに、今以上の不安要素を増やすのは憚《はばか》られます。ですから結果が出揃うまで、詳しい説明は待ってくださいとだけお話ししてあります。しかし……」

「しかし？」

思わせぶりに言葉を切った楢崎に、美卯は眉根を寄せる。楢崎は、さっきまでの主治医の顔はどこへやら、ニヤリといつものシニカルな笑みを浮かべてこう言った。

「娘に恋人ができて、結婚式を挙げて、花嫁姿を見るまで生きていられるだろうかと、執拗に訊かれましたよ」

「あああ……」

美卯は奇声を上げて机に突っ伏し、楢崎はますます面白そうに言葉を継いだ。

「確かに、中森先生の恋模様が、お母さんの胃を悪化させる大きな要因のようですね。主治医としては、正直、早急になんとかしてほしいところです」

美卯は、百年の恋も冷めそうな凶相を上げると、楢崎を上目遣いで睨んだ。

「だって！　そんなこと言われても、どうしろっていうのよ」

楢崎は、即座に提案する。

「婚活でもすればいいじゃないですか」

だが美卯は、ぶすくれた顔で、こちらも間髪を容《い》れず反論した。

「婚活って何よ。合コンでも行きまくれっての？」

「それでもいいですし、結婚相談所とか、既婚者の友人に、夫の独身の友人を紹介してもらうとか、色々手段はあるでしょう。合コンなら、近いうちにいくつか心当たりがありますよ」

「さすが合コンマスターだな」

篤臣が感心してそう言うと、楢崎は右眉だけを器用に吊り上げた。

「変な異名を着せるな。プライベートな時間に、人と知り合ったり、いい食事をしたりするのの何が悪い」

「悪くはないけど、お前も変なところでマメだよな」

「お前と違って、手近なところで間に合わせるような妥協をしたくないんでな」

同級生ならではの冗談交じりのイヤミを口にして、楢崎は美卯に訊ねた。

「それとも、親孝行で彼氏を作るようなことはご免だと？」

美卯は憤然と頷く。

「当たり前でしょ。遊びでつき合うのなんかご免だし、今、別に結婚したいとは思ってないし。親を安心させるために婚活なんて、したくないわ」

変なところに潔癖で頑固な美卯に、楢崎は文字どおり失笑する。

「お堅いですね。もっと気楽に、お母さんの入院中だけつき合ってくれる男性でも探せばどうです？」

「偽装彼氏ってこと？」

楢崎は平然と頷いた。

「まあ、そういうことですね。少し値は張りますが、そういう人材派遣サービスがありますよ」

「は？　人材派遣？」

美卯は啞然《あぜん》とし、篤臣もビックリして目を丸くした。

「マジで？　偽装彼氏を派遣してくれる会社があるってことか？」

楢崎は、さっき内視鏡について質問されたときと同じ、無知な者を見るときの軽い哀れみの視線を二人に向けた。

「彼氏でも彼女でも友人でも親でも子供でも兄弟でも、とにかくクライアントが求めるポジションの人間を時間貸ししてくれるサービスは、けっこう前からありますよ。さすがになんでもしてくれるというわけにはいきませんが、親への挨拶や、食事やデートの相手くらいなら、十分対応可能なはずです」

「マジか……。なんだか世も末な感じがするけど、そういう業態が成り立つくらい需要があるんだな」

呆れ半分、感心半分の篤臣に、楢崎は気障《きざ》に笑う。

「まあ、深い関係を誰かと構築するのがヘタだったり面倒だったりして、金でインスタントな親密感を味わえるなら、それがいい……という向きが多いんだろうな。実際、この前、合コンに来た駆け出し女優がそういう仕事をしていた。恋人、妹、娘、孫……クライアントの注文で、なんだって演じるそうだ。芝居の勉強にもなると笑っていたよ」

「でも、女の子がそんな仕事するの、危なくないのかしら」

「ああ、もちろん、女子の場合は、監視役がクライアントにわからないよう、必ず近くで見張るそうですが」

「そうよね。……はあ、なんだか便利そうではあるけど、生理的に嫌だわ。お金で彼氏をレンタルするなんて」

美卯は気鬱そうな顔で、楢崎の提案をまたしても撥《は》ねつける。楢崎は、さすがに軽くムッとした顔で言い返した。

「だったら、金を払わなくても彼氏を演じてくれる人間を見つけて、お母さんの胃が治るまで安心してもらうしかないですね」

「うっ……で、でも」

「誰かいないんですか？　同級生でも後輩でも、しばらく芝居につき合ってくれて、しかもお母さんの気に入るような、小綺麗なルックスと誠実そうな態度の……」

喋りながら、楢崎は、ゆっくりと視線を篤臣に向けた。おや、というような顔をして、意味ありげに篤臣を見続ける。

「………」

美卯も、遠慮がちに、しかし物言いたげにやはり篤臣を見た。

いきなり二人に凝視されているのに気づき、篤臣はギョッとしてそれぞれを見返し……そして、驚愕《きょうがく》の面持ちで自分を指さした。

「ちょ、ちょっと待ってくださいよ。まさか、俺⁉」

楢崎も美卯も、平然と頷く。楢崎は、常識を語る口調でツケツケと言った。

「いいじゃないか。お前なら外見も気性も社会的地位も申し分ない。さっき話したとき、中森先生のお母さんは、お前がいたくお気に入りだったぞ」

「確かに、ねえ。永福君のルックス、うちの母の好みだわ。あんまり顔立ちが濃くなくて、優しそうで、清潔感があって……ほら、今、朝ドラに出てる若い俳優さんにちょっと似てる気がする。うちの母、あの人のファンなのよね」

「いや！　いやいやいやいや！　無理ですから！」

篤臣はさっきミドリにしたのと同じように、両手をバタバタと振って声を張り上げた。

「なぜ無理なんだ？」

「俺、さっき言っちゃったもん。結婚してますって」

「……なんだ」

「あーあ」

落胆を露《あら》わにする楢崎と美卯に、篤臣はふくれっ面で抗議する。

「二人して、俺がうっかりしたみたいなリアクションするの、やめてくださいよ！　指輪を見て結婚してるのって訊かれたから、してますって答えただけですって。それに……」

篤臣は、悪ふざけをした子供を叱るような口調で、人差し指を立てて主張した。

「万が一、俺が結婚してることを伏せて美卯さんの偽装彼氏を務めたとして、そんなことが江南にバレたらどうなるか……」

今度は、ああ、という納得の声を上げた二人に、篤臣は「ほらね」と軽く勝ち誇った顔で言い募った。

「あいつ、たとえ偽装だってわかってても滅茶苦茶やきもち焼いて怒りますよ。だから、俺は偽装彼氏の候補には、最初からなれないんです。諦めてください」

美卯は落胆した様子でまたしても溜め息をついた。楢崎も、両手を頭の後ろで組んで、軽く上体を反らす。

「他に、恋人役を引き受けてくれそうな知人は？」

「いないわよ、そんなの。誰に頼んだって、笑い飛ばされるのがオチだわ」

「ふむ……。さすがに手詰まりですね」

一度は諦め口調でそう言った楢崎だったが、ふと何かを思いついたらしく、両手を頭から下ろし、美卯に向かってこう言った。

「いや、手詰まりどころか、もっと根本的な解決方法がありましたよ、中森先生」

「え？　どういうこと？」

訝しげな美卯に向かって、楢崎は綺麗に微笑《ほほえ》んでこう言った。

「俺がいました」

「……え？」

「ちょ、待てよお前！　まさかお前が、美卯さんの偽装彼氏に⁉」

驚く二人に、楢崎は平然と頷く。

「ああ。考えてみれば、それがいちばん単純で簡単だ。俺なら容姿は問題ないし、主治医が恋人なら、お母さんも安心でしょう」

「そんな……。でも楢崎君に、そんな迷惑をかけるわけにはいかないわ」

「無論、こちらにもメリットがある。症状が安定すれば、提案できる治療法の幅が増すし、万が一、シリアスな告知が必要になったとしても、娘の恋人から告げられるなら、少しは心強いでしょう。実に合理的だ」

確かに合理的といえばそのとおりなのだが、あまりにもドライな楢崎の態度に、美卯は半ば呆然《ぼうぜん》としてしまう。

「だけど……」

「まあ、今すぐ結論を出す必要はありませんよ。きっちり治療が完了するまで、しばらく入院していただくことになりそうですしね。一晩、考えてみてはどうです？」

なおも躊躇う美卯に、楢崎はさらりとそう言い、かなり冷めたお茶を飲み干して席を立った。

「では、俺はこれで。別に急《せ》かしはしませんが、検査結果をお知らせするまでに、お母さん

の悩みを一つくらい減らしておいてあげたほうがいいかもしれませんよ。お茶、ご馳走様でした」

そう言うとマグカップをざっと洗って食器立てに置き、楢崎はまさに颯爽《さっそう》と表現すべき足取りでセミナー室を出ていく。

美卯と篤臣は、無言のまま顔を見合わせた。

「……どう、思う?」

おずおずと問いかけてきたのは、美卯である。篤臣は、曖昧に首を傾げた。

「うーん……。主治医が娘の恋人ならいちばん安心だってのは確かに一理ありますし、楢崎なら、お母さんへの芝居も上手くこなしてくれそうではありますよね」

「確かにそうだけど……」

「別にお勧めするわけじゃないですけど、お金を払って恋人を雇うくらいなら、楢崎に頼んだほうがいいかも。治療が終わってから、残念ながら別れたってことにすれば、ある意味都合がいいですし……って、いや、マジで俺は勧めてはいないんですよ?」

「わかってるわよ。でもまあ、確かにそれが、娘を案じてくれてる母親を傷つけずに、安心させてあげられるいちばんの方法ではあるわよね」

「……まあ、そうでしょうね。でもなんだか俺、引っかかりますけど」

「私もよ。何がって上手く説明できないけど、そういう騙《だま》し方、どうなのかしら。だけど今のまま、顔を合わせるたびに母から彼氏を作れ婚活をしろって言い続けられるの、私もきついしね」

「ですよねえ……」

さっき、ミドリとの会話ですっかり消耗してしまったことを思い出し、篤臣は実感のこもった相づちを打つ。

「はあ……。やっぱり日頃から、プライベートに手を抜きすぎた報いかしらね、これ」

「俺にそんなこと言われても……。ていうか、楢崎みたいにぶいぶいいわしてる美卯さんなんて、想像もつきませんよ」

「私も無理」

まるで姉弟のように、上司と部下は同時に大きな溜め息をつき、肩を落としたのだった。

その夜、遅く帰宅した江南に、冷凍してあった塩鮭《しおじやけ》を焼いてお茶漬けを出してやり、篤臣は、「美卯さんが、お前にだけは話していいって言ったから」と、昼間のミドリ関連の出来事を江南に語って聞かせた。

ほぐした焼き鮭と三つ葉がたっぷり入ったお茶漬けを旨そうにかき込みながら、江南は篤臣の話にじっと耳を傾けていた。そして、開口一番言った言葉は、やはりこれだった。

「お前の言うとおりや。なんぼ期間限定、美卯さんが相手や言うても、お前の偽装恋人就任は認められん！」

「だよなー……じゃねえ、そこはわかってるんだ。どう思う？　楢崎の話」

江南の向かいでデザート用のリンゴを剝きながら、篤臣は心配そうに問いかけた。江南は、ぱりぱりといい音を立ててべったら漬けを嚙みながら、篤臣の顔を見る。

「ん？　どっちや。偽装彼氏のほうか、美卯さんのお母さんの胃のほうか」

「どっちも」

「んー。せやな。まあ、胃のほうは、話を聞いただけではなんとも言えんけど、組織診の結果次第やな」

「やっぱりそうか。それで良性だったら、内科的になんとかなるのか？」

「普通はな」

名残惜しそうにお茶漬けの最後の一口を喉《のど》に流し込み、江南は少し考えてから話を再開した。

「逆流性食道炎やら粘膜の瘢痕化やらは、今は良性やったとしても、今後、悪性化する可能性がある……て、楢崎はちゃんと言うとったんやろ？」

「うん、美卯さんにはそう説明してた。本人には何も言ってないらしい」

「せやろな。憶測で患者にものを言うわけにはいかんし。……せやけど、癌化するかどうかは、言うたら運の問題や。一生そのまんまで行けるかもしれん、行かれへんかもしれん。そのへん、どう考えてどういう治療を選択するかは、結局、医者がどんだけ言葉を尽くして説明しても、最後には患者自身に決めてもらわなあかん」

「そりゃそうだよな」

剝き終わったリンゴを綺麗に八分割して皿に載せ、篤臣は二人の間にその皿を置く。せっかくフォークを添えてあるのに、指先でそれを一切れヒョイと摘まみ上げ、江南は頷いた。

「まあ、現時点で病が見つからんで、本人が保存的治療を希望するようやったら、服薬で定期的に診察を受けてもらうっちゅうんが無難やろけど、ちょっと引っかかるんが、幽門部狭窄やな。瘢痕化して、固う縮んで狭窄してしもた粘膜は、薬を飲んでも戻らへんから」

「なるほど……」

「まあ、楢崎の言うとおり、ええ機会や。どっちに転んでも、きっちり治療せんとあかん」

篤臣も、それには素直に頷いた。

「だよな。そんで、偽装彼氏のほうはどう思う？」

江南は、蜜《みつ》入りではない、昔ながらの爽《さわ》やかな酸味のあるリンゴを頰張りながら、眉尻を下げて唸《うな》った。

「まあ、楢崎と美卯さんがええんやったらええんやろ」

「そりゃまあ、そうなんだけど」

「お前がどうこうできることやないねんし、そない深刻な顔すんな。眉間《みけん》に、丁敷き挟めそうやぞ」

　そう言うと江南は半ば腰を浮かし、テーブル越しに篤臣の眉間を指先でゴシゴシ擦った。

「あっ、お前、リンゴの汁がついた手で、俺の顔擦ったな！」

「リンゴ果汁百パーセントや、肌にええん違うか」

　軽口を叩いて、江南はニッと笑う。篤臣も、自分で眉間を拭《ふ》き、思わず笑い出した。

「いいわけねえだろ！　あとで痒《かゆ》くなりそうだ。……でも、そうだよな。俺が気を揉んでも仕方ないんだけど、あの、ちょっと喋りすぎだけど気のいい美卯さんのお母さんを騙すってのが、気になってさ」

「嘘も方便て言うやろ。体調悪うなって、検査結果を待っとる間っちゅうんは、どんなにタフな奴でも気が弱るもんや。そうすると、日頃は蓋《ふた》して見えんふりしてたことが、次々気になってしゃーないようになるんやなあ」

「……そういうもん？」

「みたいやで。せやから、嘘でもそういう目前の悩みの一つを消してやることは、一概に悪いとは言われへんのちゃうかな。お前の言うとおり、美卯さんはともかく、楢崎やったら上手いことやるやろ」

　江南はそう言って、リンゴを取り、篤臣の口元に突き出した。

「ほれ、そんな顔しとらんと、リンゴ食え。旨いで」

別に誰に見られているわけでもないので、篤臣もなんの屈託もなく、そのリンゴを口でパクリと受け取り、咀嚼《そしゃく》しながら不明瞭《ふめいりょう》な口調で訊ねた。

「ホントだ、酸っぱいけど旨い。……なあ、美卯さん、楢崎の申し出、受けると思うか？」

「受けるん違うか。他に当てもないんやろ？」

「ないみたいだな。……そうなると、俺たちも話を合わせなきゃいけないんだぞ。気が重いな」

「へ？　俺もか？」

「今はいいけど、外科に回すようなことになったら、お前に主治医頼むって言ってたぞ、美卯さんが」

「おわ。その可能性があったか。俺、そういう嘘は苦手やねんなあ」

「俺もだよ。けど、俺たちからボロが出るようなことになったら、何もかもが台無しだしな」

「せやなあ……。かなわんな」

「ホントに」

今度は自分で最後のリンゴの一切れを口に押し込み、篤臣は立ち上がった。そして、

「まあ、美卯さんがどうするかわかんないのに、悩んでても仕方ないか。明日も仕事なんだし、早いとこ寝ようぜ」

と、よれた笑顔で話を締めくくったのだった。

しかし、深夜……。

ふと目を覚ましてトイレに立った江南は、篤臣がベッドの中で目を開けている気配に気づき、少し心配そうに声をかけた。

「なんや、どないした？　起こしてしもたか？」

「ううん、なんだか変な夢見て目が覚めて、そっから寝つけなくて」

ベッドに戻った江南は、手枕で篤臣のほうを向いて横たわる。篤臣は仰向けのまま、江南のほうに首を巡らせてそう言った。

江南は、ますます心配そうな顔で、篤臣のひんやりした頬に触れる。

「まだ気にしとるんか、美卯さんと楢崎のことを」

「いや、そういうわけじゃない。あれは気にしても仕方がないって割り切った。でも、美卯さんのお母さんと話してて、ふと思ったことがあってさ」

「なんや？」

眠そうな顔をしつつも、江南は篤臣の話を聞こうと先を促す。篤臣は、ちょっと申し訳なさそうに、話を打ち切ろうとした。

「今はいいよ。お前、ちゃんと寝なきゃ」

「アホ。お前が眠れんとおるのに、俺ひとりで寝られるかい。ええから話せ。なんやねん」

重ねて優しく催促され、篤臣はようやく重い口を開いた。

「あのさあ。お前のご両親は、俺たちに滅多に連絡してこないだろ?」

思わぬ話題に、江南は切れ長の目を軽く見張る。

「お、おう。まあ、うちの親はアレや。筆無精やし、電話は店でお客さんやら業者やらとさんざんかけたりかけられたりしとるやろ。プライベートであんまし電話しようっちゅう気にならんらしいわ」

「そういうもん……?」

「らしいで。便りがないんがええ便り、っちゅうやつや。それがどないしてん?」

まだ少し躊躇《ちゅうちょ》しながら、篤臣は話を続けた。

「それに対して、うちの母親、話し好きだろ? 前に言ってたじゃないか、たまにお前のケータイにも電話してくるって」

江南は可笑しそうに精悍《せいかん》な顔をほころばせた。

「おう。江南君元気~? お義母さんですよ~って、ホンマのお母《か》んみたいに電話してきはるで。病院で当直中、時間あるときはちょっと喋るんやけど、まあ、昼ドラの話やら、ボランティア先の特養の話やら、わかる話もわからん話もあって、おもろいわ」

江南の顔にも声にも屈託がないことを確かめ、篤臣は少しだけ安堵《あんど》したように、けれどまだ不安げに問いかけた。

「うちの母親、しんどくさせてないか、お前のこと?」

そんな質問に、江南は怪訝そうな顔で、篤臣の頬をなぞる指にほんの少し力を入れた。

「なんでそないなことを訊くねんな。なんぞあったんか?」

「いや、別に。たださ、美卯さんのお母さんのお喋りと、うちの母親のお喋り、きっと似たような感じなんだろうなと思ったんだ、今日」

「そら、おばはんの喋り言うたら、だいたい似たような内容とテンションやからな」

「だろ? 俺、小一時間話し相手をしただけで、相当疲弊したんだよね。だから、お前もそうなんじゃないかって、凄く心配になったんだ。仕事が忙しいんだから、そんなふうに邪魔しちゃ駄目だって言わなきゃいけないかなって。だけど、うちの母親にしてみたら、もうひとりの息子に電話して何が悪いのよって感じだろうし、そう思ってくれることはありがたいし……って頭ん中がグルグルしちゃってさ」

一生懸命に悩みを打ち明ける篤臣に、江南の顔がだんだん笑み崩れていく。彼は篤臣を抱き寄せ、幼い子供にするように、頭をポンポンとした。

「アホやなあ、お前は」

「な、なんだよ」

「そらお前、アレや」

「アレって何」

子供扱いされて若干不服そうではあるが、篤臣は従順に江南に身体を寄せる。そんな篤臣の肉づきの薄い背中を撫でながら、江南は嚙んで含めるように言った。

「お前は普段、死んだ人ばっかし相手にしとるから、あんまし仕事で生きた人の話を聞く機会はあれへんやろ」

「ん……まあ、遺族の人たちに説明するとか、親子鑑定の手順の説明をするとか、たまに生きた人でも鑑定の対象になるから、そういうときはそれなりに」

「けど、毎日、十何人の問診取ったりはせえへんやろ？」

「ああ、そりゃそうだよ」

「せやからや」

江南は、ベッドサイドの灯《あか》りすら点《つ》けず、暗がりの中で、篤臣のぼんやりと白い顔を覗き込んだ。

「お前は、一から十まで、相手の話を真剣に聞くから、くたびれてしまうねん。俺らは問診で、話を適当に聞くトレーニングを日頃からしとるからな。……いや、適当いうんは、ええ加減っちゅう意味違うねんで。なんて言うたらええんかな……」

江南は思案しながら説明を試みる。

「せや、ええ塩梅て言うたはうがええかな。メリハリつけて、相手の話の必要なとこだけピックアップするねん。どうでもええとこは聞き流しながら、ほんのちょっと気ぃつけて、大事なヒントがあれへんかなってセンサー利かす感じやな」

大真面目な顔で聞いていた篤臣は、「難しそうだ」と本当に難しい顔になって言う。そんな篤臣の、再び眉間にできてしまった縦皺《たてじわ》をぐいぐい伸ばしながら、江南は笑って言った。

「そこは練習あるのみや。誰でも最初からできるっちゅうもんやない」

「それもそうか。……美卯さんのお母さんで、トレーニングしてみるかな」

「それがええ。そんで、安心せえ。俺はお義母さんからの電話、ちーとも苦やないで。むしろ、気にかけてもろて、ありがたいと思うてる」

「……ありがとな、江南。凄くホッとした」

篤臣は、いつもの穏やかな笑顔になって、江南を見つめ返す。だが、彼は唐突にしかめっ面になって、「待てよ」と尖った声を出した。

「な、なんや？」

「お前、俺の話も、そうやって聞き流したり、適当なとこだけ拾ったりしてんのか？　それって、酷くね？」

「ああもう、ホンマにアホやなお前は！」

「なんだよ、アホアホ連発すんな！」

「せやかて、アホはアホや」

ベッドの中で暴れようとした篤臣を一瞬早く抱きすくめ、江南は喉声で笑った。ライオンが子猫を窘めるようなそんな仕草に、篤臣はますます悔しそうに尖った声を出す。

「ったく、なんだよ!」

「お前の言うことは、全部大事や。聞き流せる言葉なんぞ、いっこもあれへん」

耳元で囁《ささや》くように落とされた言葉に、それでもまだ暴れようとしていた篤臣の動きがピタリと止まる。

「………」

「お前が俺にかけてくれる言葉は、なんでも宝もんや。お前はそうと違うんか?」

江南の腕の中で、篤臣の顔が夜目にも真っ赤に染まっていくのがわかる。江南のジャージの胸にこつんと額をつけて、篤臣はボソボソと答えた。

「俺も……そう」

「せやったら、ええやないか。……ほら、寝るで。もう悪い夢は見んように、こうしとったるから」

「……絶対暑くて息苦しくて、砂漠でひーひー言ってる夢見るよ」

そんな照れ隠しの文句を言いながらも、篤臣は江南の背中に緩く腕を回す。

静かな寝息が聞こえてくるまで、江南はずっと、篤臣の背中を撫で続けていた。

三章　かりそめの関係

「おはよう。あのね、楢崎先生に今朝イチで電話して、例の件、お願いしたわ」

翌朝、出勤してきた篤臣の顔を見るなり、美卯はそう言った。

日頃から思いきりのいい彼女だけに、もうその顔に迷いの色は欠片も残っていない。一晩悩んで、スッパリ結論を出せたのだろう。

むしろ篤臣のほうが慌て気味に、美卯の席に歩み寄り、抑えた声で問い質す。

「ホントにいいんですか、そんなことして」

「だって、母を安心させて、必要な治療をしっかり受けさせるには、それが一番だもの。あの人、検査入院だって嫌がって、説得するのが大変だったのよ。この上、もっと長期間の入院治療が必要なんて言われたら、今のままだと絶対帰るって大暴れするわ」

ダッフルコートを脱いでハンガーにかけ、椅子に引っかけてあった白衣に袖《そで》を通しながら、篤臣は思わずうーんと唸った。

「そりゃまあ、入院が嬉しい人はいないと思いますけど……って、でも、胃が痛くて困ってたんでしょう？　もう入院しちゃった以上、きちんと治療することに異存はないんじゃないですか？　ご本人も凄く陽気になさってたし、そんな嫌がってる感じはなかったですよ」

「そりゃ、入院までの道のりを永福君は知らないからよ。人間ドックの結果は隠そうとする、専業主婦のくせに忙しいから入院してる暇なんてないってごねる、マレーンアの父に、私が無理矢理自分を病院に押し込めようとするって電話して訴える……もう、検査入院を納得させるだけでも大変だったんだから！」

「うわ……。そ、そうか。今の姿はバトルの結果なんですね」

「そういうこと。それに、ああも賑《にぎ》やかに振る舞ってるのは、虚勢が九割なのよ」

美卯は少し寂しそうに笑って、こう説明した。

「母の入院支度を手伝いに実家に戻ったら、短い間に、見慣れないサプリのボトルや本がどっさり増えてたね。なんの気なしに本を手に取ってビックリしたわ。『癌は切らずに治すべき』とか、『癌は治療するとかえって早死にする』とか、『わたしはこのサプリで癌から生還した』とか、『笑いは癌に効く』……そんなのばっかり。そのすべてを否定するわけじゃないけど、胡散臭《うさんくさ》いものも多かったわね。サプリも、鮫《さめ》の軟骨だの、サルノコシカケだの……いわゆる世間で癌に効くっていわれてるやつを手当たり次第に買ったみたい」

篤臣は、それらを見つけたときの美卯の気持ちを想像して、微妙な味の食べ物を口に入れたときのような渋面になる。

「つまり……ホントにもうすっかり胃癌になったつもりで、入院せずに癌を治せる民間療法的なものを模索してたってことですか」

「そう。伯母《おば》が……つまり母の姉だけど、その人がやっぱり胃癌で、かなり厳しい闘病生活の末に亡くなったのね。それを間近で見てたから、そもそも癌治療に不信感があるし、胃癌ってものにも手術にも、凄く恐怖心があるんだと思うの」

「ああ……身内の方にそういうことがあると、きついですよね」

篤臣の言葉に、美卯は溜め息をついて頷いた。

「私も中学生だったから、伯母の闘病のつらさは覚えてるわ。手術の痛みと薬物の副作用、それに転移の痛み……。こんなに長くいたずらに苦しむくらいなら、最初から治療しなければよかったって、伯母自身が嘆いていたことも」

世間ではよく聞く話とはいえ、美卯の親族にそれが起こったとなると、胸に迫るものがある。だが篤臣は、あえて明るい声を出した。

「でも、そこは正直、運とか、病気の進行具合とか、色々ファクターがかかわってきますし。だいいちまだ、癌と決まったわけじゃないし！」

「そこが難しいところで、本人は癌じゃないことを願いつつも、医者への不信感から、癌じゃないって言われても、そう簡単には信じられないと思うのよね。それに、母方の祖母も癌で比較的若いうちに亡くなったものだから、癌家系ってのも意識してるみたいだし」

篤臣は、腕組みして思わず嘆息した。

「色々こんがらかってるなあ……。そっか、それで今のままだと、検査結果が出たところで、主治医の楢崎の説明とか治療方針の提案を、素直に受け入れられない可能性が高いんですね」

「ええ。とはいえもともと気を遣うタイプだし、城北教授も、消化器外科の上の先生方も病室に顔を出してくださったしで、娘の手前、今のところはあからさまに反抗的な態度なんかはとれずにいるけどね。いざ、病気そのものの真剣な話に差しかかったら、きっとややこしいことになるんじゃないかと思って……」

いつもは楽天的で気丈な美卯が、ガックリ肩を落として嘆息する。その姿を見て、篤臣もつられて情けない顔つきになった。

「うーん……。なるほど。説得に手こずると美卯さんも困るし、楢崎も困るし……それが、楢崎が美卯さんの彼氏ってことになれば、お母さんの態度も軟化するだろうって計算ですか」

「計算とか言わないでよ。まあ、実際そうなんだけど」

「でも、楢崎が娘の彼氏だと思うと、我儘《わがまま》を言いやすくなるって面もあるんじゃゃ？」

「その可能性も考えはしたけど、母は基本的に気のいい、ちょっと見栄っ張りで世間体を気にするタイプなの。娘の恋人に我が儘を言って、みっともない母親だと思われるのは嫌でしょうし、娘の恋路を邪魔しようなんてことも、思わないんじゃないかなって」

「なるほど」

「とにかく楢崎君とは、お互いの利益のために協力しましょうってことで話がついたわ。悪いけど、あんたや江南君にも、適当に話を合わせてもらわなきゃ」

篤臣は、困り顔のまま曖昧に頷く。

「美卯さんと楢崎がそれでいいなら……お母さんを安心させて、治療を受け入れさせるのにいちばんスムーズな方法だっていうのなら、あんまり嘘は得意じゃないけど協力しますよ。江南にも、俺からきちんと説明しておきますし」

「ありがと。助かるわ」

朝から少し疲れた顔で礼を言い、美卯はこう続けた。

「一応、楢崎君が学生時代に実習で法医に回ってきてからの知り合いで、ドクターになってから、研究のために法医学教室に通ってくるようになって、なんとなくおつきあいするように……っていう流れにしようって取り決めたわ。覚えておいて」

篤臣は納得顔で頷いた。

「ああ、確かにいちばん無理のないシチュエーションですね。それなら、俺や江南でも忘れずに済みそうです」

「私自身もね」

美卯は小さく笑って、篤臣の肩を叩いた。

「母にはぬか喜びさせて申し訳ないことをしてしまうけど、でも、できるだけ落ち着いた気持ちできちんと治療を受けて、元気になってほしいから。……ホントは本物の恋人ができたらいいんでしょうけど、ちょっと今からじゃ間に合わないしね」

「ですね。……上手くいくよう祈ってます。そのこと、お母さんには？」

「うん、午後に楢崎君の手が空いたタイミングで、話すことにしたわ」

「頑張ってください。それしか言えないですけど」

「うん。……はあ、なんだか今から緊張する。全然慣れてないから、そういうの。でもまあ、それはプライベートの話ね。まずは、仕事をちゃんとしなくちゃ。今日、午前のうちに固定が済んだ臓器の切り出しをまとめてやっちゃおうと思うんだけど、永福君も一緒にどう？」

本当に緊張で肩が強張っているのか、美卯はぐるんぐるん腕を回しながら、篤臣の返事を待たずにセミナー室を出ていく。

「あっ、俺もそろそろやらなきゃ。実は、脳の切り出しがもうちょっと上手くなりたいんで、脳は美卯さんの症例もやらせてください」

篤臣もそう言いながら美卯のあとを追いかけようとしたが、その背中から、落ち着いた声が彼の名を呼んだ。ハッとノブから手を離し、振り返った篤臣の前には、教授室から出てきた城北の姿があった。

「あ、教授……もしかして、今の話……」

決まり悪そうな篤臣に、白衣姿の恰幅《かっぷく》のいい城北も、なんともいえない渋い顔でゴホンと咳払《せきばら》いした。

「所詮《しょせん》、狭い部屋だからね。聞くつもりはなかったが、聞こえてしまった」

「……ですよね」

別に咎められるようなことではないが、やはりなんとなく後ろめたい気持ちになった篤臣に対し、城北も、部下のプライバシーに自分が口を出すことでもないと思っているのか、珍しく迷いのある口調でこう切り出した。

「その、中森君のお母さんのことでは、君も色々と気を遣うことがあるだろうが、よろしく頼むよ。わたしでは、中森君も言いにくいことがあろうし、役に立てることがあるなら、君からわたしに知らせてくれればいい」

「あ、はい。僕も、自分が入院した経験があるので、何が不自由かはある程度わかると思いますし、気をつけるつもりでいます」

「そうだな。ここで入院経験者は君だけだ。頼りにしているよ」

ようやくそこで貫禄十分、しかし柔和な顔に笑みを浮かべた城北は、大半が白髪の頭を片手で撫でつけ、やれやれという様子で首を振った。

「しかし、楢崎君と中森君がつき合っているふりなど、上手くいくものだろうかね。楢崎君は女性の扱いに慣れているから自信満々なのかもしれんが、母親の勘を侮りすぎではないかと思うのだよ」

「そういう、ものですか?」

「君は知る機会がなさそうだが、女性というのは、わけのわからない第六感を備えているものだ。……ただまあ、これればかりはやってみなくてはわかるまい。誰もが中森君のお母さんのため、よかれと思ってすることだ。すべてがいいほうへ転ぶことを祈っているよ」

「……僕もです」

「うむ。では、講義に行ってくる。二十分したら、第一講義室へ出席を取りに来てくれるかね」

「わかりました。行ってらっしゃい」

部外者の男性どうし、戸惑い交じりの視線を交わした城北と篤臣は、講義室と実験室へそれぞれ足を向けたのだった。

その日は解剖が入らなかったので、午後から篤臣はセミナー室で自席に顕微鏡を置き、溜まりに溜まった組織標本を片っ端から検索していた。

テレビに出てくる法医学者は、解剖と検査に限らず、なぜか独自捜査までこなすアクティブな人々揃いだが、現実はそうではない。

法医学者は警察の人間ではないので、当然ながら捜査権はない。そして解剖の他にも、地味な仕事が山ほどある。

ホルマリン固定済み臓器の切り出しとプレパラート作成依頼、血液検査、アルコール検査、DNA検査、ベーシックな計測機器で可能な薬毒物検査、プランクトン検査、それに大学の一部署としての義務である学術的な研究を進めなくてはならないし、論文も書かねばならない。他にも大学の色々な委員会の会議、学生講義や実習指導……と、職務は実に多岐にわたっているのだ。

「うーん……。やっぱり小さな炎症が散在してるなあ。しかも新旧色々だ。直接死因になるほどじゃないけど、ちょっと気になるんだよな……うぁ、ヤバい。グルグル回る」

顕微鏡から顔を上げ、篤臣はギュッと目をつぶった。

肺のような細胞が密集している組織を見るとき、プレパラートをあまりにも素早く動かすと、船酔いのような症状に襲われることがある。今、篤臣はまさにその予兆に襲われていた。

ことあるごとに組織標本を見る病理学へ進んだ同期いわく、「慣れだよ。バレリーナやスケーターが高速回転をしても目を回さないように、視線の動かし方さえ会得すれば、酔ったりしないさ」とのことなのだが、まだまだその境地には至れない篤臣である。

「うう、気持ち悪い。ちょい休憩」

顕微鏡の電源を切り、水でも飲みに行こうかと思ったそのとき、机の片隅でスマートホンが振動した。

「あ、美卯さんのお母さんだ。そういや、メアド交換したんだっけ」

ずいぶん長い年月、電子機器、特にペースメーカーに異常を来《きた》す恐れがあるということで、病院内では携帯電話の使用は厳禁だった。

しかし、今は技術の進歩により、その危険性は消えたということで、院内のほとんどの場所で使用が許可されている。どうやら入院に際して携帯電話をスマホに切り替えたらしきミドリは、メールだ電子書籍だホームページだと、暇つぶしに大活用しているようだった。

『お見舞いにプリンをいただいてしまったんだけど、今は食べられないので、休憩がてら食べに来ませんか?』

メールの内容は、そんなお誘いだった。

(美卯さんも誘ったほうがいいかな。また帰れなくなりそうだし)

そう思ってセミナー室を見回したが、美卯の姿はない。実験室にも、彼女はいなかった。

時刻は午後四時過ぎなので、帰宅したはずはないが、図書館にでも出掛けているのかもしれない。

(わざわざ、メールしてまで誘うこともないか。仕事がありますからって言って、早く戻る

ようにしよう）

ちょうど休憩したかったタイミングでもあり、篤臣は教授室に一声かけて教室を出た。

ところが、訪れたミドリの病室には、先客がいた。楢崎である。

入ってきた篤臣を見て、楢崎はミドリには見えないように、あからさまにホッとした顔で目配せしてきた。どうやら、回診に来てとっつかまったらしい。

見れば、楢崎の座っているベッドサイドのテーブルには、プリンの空き容器がある。それなりに長い時間、すでに病室にいるのだろう。

何しろ楢崎は美卯の「偽装彼氏」なので、ミドリに対してつれない態度はとれない立場になってしまったのだ。

「ああ、話し相手の交代要員が来ましたよ」

篤臣がミドリに挨拶をする前に、楢崎は素早く立ち上がった。このタイミングを逃すと、またしばらく逃げられなくなると判断したのだろう。

「僕ももうしばらくご一緒したいんですが、他の受け持ち患者さんに、ひとりだけを贔屓《ひいき》していると叱られてけ困りますので。これで失礼します」

いかにも慇懃《いんぎん》な態度で軽く一礼した楢崎に、ミドリはいかにも残念そうに「あらそう？」と言ったが、さすがに勤務中だとわかっているので引き留めはしなかった。

すれ違い様に「すまんな」と囁き、楢崎は疾風のように退散する。篤臣は、やれやれと思いながら、ベッドの足元からミドリに挨拶をした。

「こんにちは。あまり長居はできないんですけど、メールをいただいたので伺いました」

そう言うと、ミドリは嬉しそうに頷いた。

「ごめんなさいね、お仕事中に。でも、来てくれて嬉しいわ。あの、冷蔵庫の中にプリンがあるからどうぞ。さっき、楢崎先生にも食べていただいたのよ」

個室には、小さなクローゼットの隣にこれまた小型の冷蔵庫がある。篤臣が開けてみると、なるほど小さな紙箱があって、中にはプラスチック容器に入った昔ながらのカスタードプリンが二個入っていた。

「じゃあ、一ついただきます」

そう言って一つ取り、篤臣は、さっきまで楢崎が座っていたパイプ椅子に腰を下ろした。蓋を開けようとして、ミドリがジッと見ているのに気づいた篤臣は、決まり悪そうに動きを止めた。

「あの、俺、医者ですけど臨床やってないんでわかんないんですが……やっぱり今は食べちゃいけないいんですかね、こういうの」

するとミドリは、照れくさそうに笑って頷いた。

「あっ、ごめんなさい。つい、美味《おい》しそうで。……でも、今は決められたものしか食べちゃいけないの。それより何より、すぐ胃が痛くなるから食べたくないのよ、ホントに！　だけど、なんとなく目で追っちゃうだけ。気にせず食べて！」

そう言われても、凝視されながら食べるのはつらい。篤臣はのろのろと蓋を外し、ゆっくりとスプーンを袋から取り出しつつ、思わず問いを重ねた。

「お見舞いの人、それを知らずに……？」

ミドリはやはり笑って頷く。

「そうなの。あなたたちにとっては、今じゃコンビニで気軽に買える安いデザートでしょうけど、私たちにとってはいまだに、プリンって凄く特別なご馳走なのよ。だから、昔からの友達が病気で入院したって聞いて、滋養をつけてあげなきゃって思って、大張りきりで買ってきたの」

「……ああ……」

「だから、食べられないから持って帰ってなんて、悪くて言えなくてね。三つもらったから、楢崎先生とあなたと、あとは美卯でぴったり片づくでしょう？　偶然とはいえ、なんだかちょっと嬉しいわ。入院患者なのに、ささやかにおもてなしができるんだもの。友達に感謝ね。そういうわけだから、召し上がれ」

重ねて勧められては、これ以上遠慮するのはかえってよくないだろう。そう思って、篤臣は両手を合わせて「いただきます」と言い、プリンをひと匙《さじ》、口に運んだ。

外見だけでなく、味も昔ながらの滑らかでしっかりした食感のプリンだった。縁に少しだけ鬆《す》が入ってしまっているのがご愛敬で、スプーンをしっかり底まで差し入れると、黒々した苦みのしっかりしたカフメルソースが溢《あふ》れ出てくる。

幼い頃、専業主婦だった母親の世津子が、こんな素朴な味のプリンを作って食べさせてくれたことが思い出される。

「美味しいです。こんな懐かしい味のプリン、久しぶりに食べました。これは確かに、『特別』ですね」

篤臣の感想に、ミドリは目尻にたくさん皺を寄せて笑った。愛想笑いではなく、心から喜んでいることがわかる表情だ。

「そうでしょう。それをくれた友達も、あなたたちが喜んで食べてくれて、きっと嬉しいと思うわ。……ふう」

ミドリが小さな溜め息をついたのに気づき、篤臣はミドリに探るように問いかけた。

「あの……胃の痛み、酷いですか?」

「まあ、それなり。お薬をいただいてるし、ここにいると食事にも配慮していただけるから、家にいたときほどじゃないけど。どうして?」

「なんだか、昨日よりお疲れみたいに見えるので。痛みで眠れなかったりするんじゃないかと思ったんです」

するとミドリは、立てた枕に背中を預け、笑みを深くした。

「永福先生は、よく気がつくし、優しいのねえ。美卯にも見習わせたいわ」

「いや、そんな。ただ、以前に手術を受けたとき、患者の痛みや苦しさは、医者や看護師には当然予測できてて、きちんと対処してくれるに違いないって思ってたんですけど、意外と言わないと伝わらないいんだなって、そう痛感した経験があっただけです。だから、もし痛みが強いなら、遠慮せずに伝えたほうが……」

するとミドリは、急にこんなことを言い出した。

「そうそう、それよ。さっき楢崎先生とお話ししてたときに聞いたんだけど、永福先生は、入院したことがあるんですって？　楢崎先生が病気の『第一発見者』だったとか」

楢崎め、余計なことをと苦々しく思いつつも、篤臣は頷いた。

「ええ。恥ずかしいんですけど、ただの腹痛だと思ってたら虫垂炎で。楢崎には、危ないところに駆けつけて、助けてもらったんです」

「さすが美卯の彼氏！　しっかりしてるわねえ」

「！」

その件は、病室に入る前にしっかり確認し直した篤臣だが、やはり当のミドリに言われるとギョッとする。そんな篤臣のささやかな反応を、決まり悪さと理解したのだろう。ミドリは、どこか悪戯《いたずら》っぽい眼差《まなざ》しで篤臣の顔を覗き込む。

「永福先生も知ってたんでしょ、美卯と楢崎先生のこと」

「あ……は、はあ、まあ」

「意地悪ねえ、教えてくれないなんて。でもきっと、美卯に口止めされてたのね。あの子、あなたには偉そうにしてるみたいだし。一昨日、入院した日にあれこれ持ってきてくれたときも、美卯、あなたを顎《あご》でこき使ってたものね。ごめんなさい」

篤臣は、食べかけのプリンをテーブルに置き、慌てて手を振る。

「いえ！　そんなことはないです。本当に、いつもいい先輩だし、いい上司です」

「そう？　でも、そんなこと言いながら、あなた自身の奥さんは、もっと可愛い人なんでしょ？」

興味津々で水を向けられ、篤臣は苦笑いでかぶりを振る。江南は奥さんではなく、自称「旦那」だと言いたいのをぐっとこらえて、簡潔に答えた。

「いいえ、ちっとも」

「そうなの？　年上？　年下？」

「同い年です。俺よりずっと仕事熱心で、ケンカっ早い奴ですよ」

「ふうん……。私、男の人って、可愛くて甘い女の子が好きだと思ってたんだけど、楢崎先生もあなたも変わってるわねえ。今は、そういう強い女が流行りなのかしら」

「さあ、それは……」

篤臣は曖昧に首を振る。ミドリと話していると、自然と会話の分量的に、彼女が九割、自分が一割くらいの配分に落ち着く。おそらく、彼女の質問は、だいたい「はい」か「いいえ」か「どうでしょう」で答えられるシンプルなものが多いからだろう。

「まあ、女性には生きやすい時代になったわよね。あ、ごめんなさい、プリン食べて？」

「ああ、はい。……あの」

再びプリンの容器に手を伸ばし、篤臣はふとミドリの顔を見た。

「なあに？」

「楢崎と美卯さんのこと、二人から？」

ミドリはニッコリして頷いた。両手の指を、若い女の子のように胸の前で組み合わせる。

「そうなの！　お昼ご飯食べ終わった頃に、二人で来てね。何を改まって……まさか病気のことであれこれ言われるのかと身構えたら、実はおつきあいしてますなんて言うんだもの。もう、ビックリよ。寝てなかったら、腰が抜けてたわ」

「……ですよね」

「ええ、でも嬉しかった！　まさか年下の、でもあんなにしっかりした立派なお医者様とおつきあいしてるなんてねえ。しかもその彼が主治医だなんて、こんなに心強いことはないわ。検査入院を嫌がったりして、悪いことしちゃった。美卯ったら、楢崎先生に私を引き合わせる目論《もくろ》みもあったのね、きっと」

「……はあ……」

「検査結果次第では入院が延びますって言われて、冗談じゃないって思ってたけど、そういうことなら、ちょっとくらい我慢しなくちゃね。美卯の将来の旦那様になる人かもしれないんだし、楢崎先生の仕事ぶりを、この身で確かめなくっちゃ、なーんて」

「じゃあ、楢崎のこと、気に入ったんですか？」

おずおずと問いかけた篤臣に、ミドリは満面の笑みで頷く。

「もちろんよ！　最初はちょっと冷たい感じがしたけど、礼儀正しいし、いかにも頭がよさそうだし、物腰もなんていうの、とってもエレガントでしょう？」

「え、えれ……がんと？　ですか、ね？」

篤臣がすっかり変な顔になっていることには気づきもせず、ミドリは自信満々で頷いた。

「ええ、王子様みたいよ？　きっと親御さんのしつけがしっかりしてたんでしょうね。看護師さんたちに聞いても、とっても評判がいいの」

そりゃそうだろうよ、と篤臣は表情には出さず、心の中でそっと苦笑いする。医師として有能なだけでなく、ルックスがよく、女性の扱いが紳士的かつスマートで、しかも合コンの仕切りが上手いときては、職場の女性たちに人気がないはずがない。

だがミドリは、最後の一項目に関してはまったく知らないのだろう、嬉しそうに話し続けた。

「あんな立派なお医者様、美卯にはもったいないわ。そうそう、あの子のどこがよかったの

って訊いたら、楢崎先生、なんて答えたと思う？」

　そこにはちょっと興味をそそられ、篤臣は即座に問い返した。

「なんて言ったんです？」

「自分の意見がハッキリ言えて、男に頼らないところがいい、ですって。破《わ》れ鍋に綴《と》じ蓋って、こういうことをいうのかしら。美卯はどうなのって訊いたら、こっちは、ドライなところがいい……なんて言うのよ。変わったカップルよね」

　そりゃ、かりそめの関係ですから……という正直な言葉を喉の奥に押し込め、篤臣は鈍い調子で頷く。

「そう、かもしれませんね」

「そうよ。はあ、多少変わり者だとしても、社会的に申し分ないお相手を見つけてくれて、ホントによかったわ。これで一つ、思い残すことが減ったもの」

「そんな縁起の悪いこと……」

　いきなり弱気なことを言い出したミドリを、プリンの最後のひと匙を口に入れたばかりだった篤臣は慌てて窘めようとする。だがミドリは、やけに頑固そうな口調で言い募った。

「だって、自分の身体のことは、自分がいちばんよくわかるんだもの。……どうせ美卯から聞いてるんでしょう？　最初に人間ドックで引っかかって、美卯に検査入院しろって勧められたとき、私が凄く嫌がって抵抗したこと」

「あ……はい、少しだけ」

篤臣は躊躇いながらも、最小限の言葉で控えめにそれを肯定する。

「私の姉のことも?」

篤臣は、今度は言葉にするのも憚られ、ごく小さく頷くだけに留《とど》めた。

するとミドリは、これまで一度も見せたことのない気鬱な顔で、ふうっと深い溜め息をついた。

「あの、大丈夫ですか? 話しすぎて疲れたのなら、俺、もう失礼します。どうか休んでください」

そう言って立ち上がろうとした篤臣を、ミドリは首を横に振ることで制止した。小さく微笑して、「もう少しいてちょうだい」とせがむ。

「でも、お疲れみたいです。せめて、お茶……は駄目なのか、白湯《さゆ》でも?」

「そうね、お願い。ぬるめでね」

篤臣が個室の簡易キッチンで白湯を作って持っていくと、ミドリはそれを美味しそうに飲み、沈んだ面持ちのままで、それでも口角をちょっと上げて笑ってみせた。

「お仕事の邪魔してばかりでごめんなさいね。でも、なぜかあなたには、とても話しやすくて。もう少しだけ話してもいいかしら」

篤臣は眉を曇らせ、もう一度椅子に腰を下ろす。

「何か、悩みでも？　俺、臨床の知識はあんまりないので、お役には立てないかもしれませんよ」

「そういうことじゃないのよ。ただ、ちょっと愚痴りたいっていうか……」

　本来は美卯が聞くべきことであろうし、あまり個人的な事情に立ち入るのはよくないと思いつつも、ミドリのどうにも話したそうな様子を見ると、無下に振り切って立ち去るのも躊躇われる。

　もし、あまりにも体調が悪くなるようだったら、途中で遮って看護師を呼ぼうと考えながら、篤臣は居住まいを正した。

「じゃあ、お聞きします」

　入院中なので当たり前だが、ミドリは化粧をせず、口紅だけを引いている。あっさりした顔立ちと、ベリーショートにしている白髪交じりの髪が相まって、どこかボーイッシュな印象だった。

「ありがとう。……美卯に心配をかけるのは嫌だし、楢崎先生は専門家だから、あんまり馬鹿なことを言って、美卯に恥をかかせたくないのよ」

「楢崎はそんなこと、気にしないと思いますけど」

「でもやっぱり、素人としちゃ気後《きおく》れしてしまうわ。……私ね、美卯に説き伏せられて今こうしてるけど、本当は検査入院するの、凄く嫌だったの。怖かったのよ。入院したら、二度

と出られなくなりそうで」

「そんな大袈裟な」

篤臣はあえてその懸念を笑い飛ばそうとしたが、ミドリは幾分声を荒らげた。

「大袈裟じゃない。あるのよ！　私の母も、姉も、そうだった。最初は、ちょっと検査するだけ、すぐ元気になるわって。だけど結局、そのまま入退院を何度も繰り返して、とっても苦しんで死んでしまった。……私も、同じ血筋なんだもの。そうならないとは限らないでしょう？」

「そのお気持ちとか恐れは凄くわかりますけど、ご家族がそうであっても、必ず同じようになるとは限りませんよ。医学は凄いスピードで進歩してますし、だいいちまだ、検査結果が出ていないんでしょう？」

篤臣は、困惑しながらもミドリの懸念をどうにか和らげようと言葉を探す。

「それはそうだけど、自分の身体だもの。こんなに痛むのは、やっぱりおかしいわ。きっと癌よ。胃カメラを飲むとき、私は安定剤でなんだかぼんやりフワフワしていたけど、先生も技師さんも、とっても厳しい顔だったもの。あれはきっと癌を見つけた顔よ」

「そんな！　それはいくらなんでも思い込みですよ。検査のときは、悪いものを見逃しちゃいけないと思うので、自然と真剣な顔になります。癌を見つけたからだとは限りませんんって」

「そうかしら。でも、癌が見つかったかもしれないわよね？　さっき楢崎先生が、明日、追加の検査をしますって言いに来たわ。聞いても『きっちり診断をつけるためですよ』としか教えてくれなかったけど、きっと最初の検査で悪いものが見つかったからだわ」

「いや……それはまだわかりませんけど、必要に応じて検査を追加するのは当たり前のことですし、そんなふうに何も聞かないうちから疑心暗鬼してたら、余計に身体に悪いですよ！」

「だって怖いんだもの！」

唐突に飛び出したミドリの本音に、篤臣はウッと息を呑《の》む。どこかぐずる駄々っ子のような小さな声で、ミドリはもう一度同じ言葉を繰り返した。

「母や姉みたいに、何度も手術を受けて、それでちょっとよくなったと喜んだらまたすぐ悪くなって入院して、薬で吐いたり、毛が抜けたりして、苦しみながらどんどん弱っていって……自分があんなふうになるのが怖いし、あの人たちが苦しむのを見ているしかなかった、昔の自分みたいなつらい思いを、美卯にさせたくもないのよ。だから、どうしていいかわからなくて……」

「…………」

病室の大きな窓からは、夕日が眩《まぶ》しいほど差し込んでくる。篤臣は窓を背にしているが、ミドリはほっそりした顔を夕方の光に染められ、少し眩しそうに目を細めて肩を落とした。

「ごめんなさいね、八つ当たりしちゃって。美卯に心配かけたくないし、母親が取り乱しちゃあの子が恥ずかしいだろうと思って、ここに来てからはずっとニコニコ物わかりのいいふりをしようと頑張ってたのよ。だけど……胃が痛むたびに怖くて怖くて、どうしようもなくなるの」

「それ、少しだけわかります」

篤臣は、布団をギュッと握り締めているミドリの手の甲に、そっと自分の手を重ねた。

「俺も虫垂炎の腹痛が酷くなったとき、ひとりぼっちだったんです。楢崎が来てくれるまでの間、いろんなことを考えました。これは酷い病気に違いない、死ぬかもしれない、どうしてこうなるまで放っておいたんだろう、パートナーに心配をかけてしまうのが申し訳ない……いや、こうしてあいつに会えないまま、ここで死ぬかもしれないのが怖くてつらい。とにかく、頭の中がグチャグチャでした」

「……私はよーくわかるわ、その気持ち。やっぱり、永福先生に打ち明けてよかった。少しスッキリした」

ひた隠しにしていたネガティブな感情を吐き出して、本当に少し心が落ち着いたのだろう。ミドリはさっきより明るさの戻った声でそう言い、ぎこちなく、照れくさそうに笑った。

篤臣は少し躊躇したが、できるだけさりげなくこう告げてみた。

「美卯さんは気づいてますよ。お母さんの不安」

「え……？」

「本当はお母さんが怖がってるのも、不安なのも、頑張ってわざと明るく振る舞ってるのも知ってて、自分もそれに合わせてさりげなく振る舞いながら、お母さんのこと凄く心配してます」

「まあ。あの子、いつの間にそんな洞察力を身につけたのかしら」

「美卯さんはいつだって、人の気持ちに敏感な人ですよ。俺、そういう美卯さんにうんとお世話になりましたし、助けてもらいましたし、数えきれないくらい励ましてもらいました」

「永福先生……」

篤臣の温かな声音に、ミドリは少し驚きながらも視線で先を促す。

「だから、そういう美卯さんをちょっとでもサポートしたいと思って、俺、ここに来てます。お母さんが、俺に本音を吐き出すことで、少しでも楽になれたのなら、凄く嬉しいです」

「……そう。美卯は素敵な後輩を持ったのね」

嬉しそうにそう言って、ミドリは目を伏せた。それはさっきまでの荒ぶった沈黙ではなく、篤臣の言葉をゆっくりと噛みしめているような静かな時間だった。

そんな空気を妨げないように、篤臣は小さな声でミドリに語りかけた。

「あの、俺は本当に素人同然なので、偉そうなことや専門的なことは何も言えないんです。だけど、楢崎はとても腕のいい医者だし、責任感の強い奴です。どんな検査結果が出ても、いちばんいい治療法を探り出すはずです」

「……ええ」

篤臣は、声を励ましてこうつけ加えた。

「美卯さんも、ただ見守ってるだけじゃないです。お母さんを支えられるように、実験の空き時間、胃の疾患や治療法についての論文、一生懸命読んでました。恥とかそんなこと考えずに、不安もモヤモヤも疑いも、全部ぶつけちゃって大丈夫ですよ」

「だけど……」

「少なくとも、美卯さんはお母さんの実の娘だし、楢崎や他の先生やナースさんたちは、病気のプロだし、病人のプロです。ちゃんと、受け止めてくれると思います。むしろ、抱え込んで具合を悪くしちゃうほうが困りますよ、みんな。……俺、自分の母親が入院してきて、俺のためにいい患者でいようとしてストレス溜めてたら、きっと怒ります。だけど美卯さんのお母さんのことは怒れないので……ええと、お願いします」

実直そのものの口調でそう言い、篤臣は軽く頭を下げる。半ば呆然としていたミドリは、やがて篤臣の手の下から自分の手を引き抜き、その手で篤臣の手をポンポンと叩いた。

「ありがとう、永福先生。法医学の先生って、みんな美卯みたいにぶっきらぼうなのかと思ってたけど、そうじゃないのね。どんなカウンセラーさんに話すより、ホッとできた気がするわ」

「ホントよ。ありがとう。そうね、いきなり豹変《ひょうへん》するのはどうかと思うから、少しずつ勇気を出して本音で話してみるわ。私、ちょっと母親の見栄を張りすぎてたみたい」

「そんなこと……」

そう言って、ミドリは大きく肩を上下させ、照れくさそうに笑ってみせた。それは、入院時からずっと篤臣に見せてきた、妙なハイテンションの笑顔ではなく、もっと自然な、おそらくは本来のミドリの持つやわらかな笑みだった……。


ひと眠りするというミドリの病室を出た頃には、時刻は午後五時前になっていた。一時間以上、ミドリと話し込んでいたことになる。

さすがに疲れて、篤臣は通路を歩きながら大きく伸びをした。すると、白衣のポケットの中で、スマホが振動する。

液晶画面は、楢崎からのメール着信を告げていた。すぐに確かめると、「手が空き次第、消化器内科のカンファレンスルームに来てくれ」という、実に楢崎らしい簡潔なメッセージが一文だけ記されている。

「なんだろ。たぶん、美卯さんのお母さんのこと、だろうな。でも、俺……？」

いささか訝しく思いつつも、篤臣は急いで消化器内科の医局へと向かった。

消化器内科の医局はたいていい、所属医師の数を考えると異様なくらい閑散としている。

系列病院へ派遣されている医師が多く、すでに開業していながら、週に一日か二日、勉強のために出勤してくる医師も少なくないからである。

さらに比較的容態が安定していて、長期的な観察が必要な患者が多いので、内科の医師は、病棟から動けないというような緊急事態にはなかなか陥らない。それで皆、適当な時刻で切り上げて帰宅したり、アルバイトや当直を請け負っている他の病院へ移動したりすることが多いのだ。

だだっ広いカンファレンスルームも、朝は医師や看護師、それに実習《ポリクリ》の学生たちでごった返すが、夕方になるとあっさり空き部屋と化すことが多い。

篤臣がカンファレンスルームに到着すると、扉には「面談中」と書かれた厚紙の札がかけられていた。

篤臣たちが医大生だった頃には、この札には「ムンテラ中」と書かれていたものだ。

それはドイツ語の「mundtherapie」、つまり医師が患者や家族に病状を説明し、治療方法について納得させるという意味合いの言葉である。

しかし、当時は当たり前のように使われていたこの業界用語に、「言いくるめる」というささかよろしくない意味があること、そして最近は猫も杓子《しやくし》も「インフォームド・コンセント」という言葉を使い始めたことなどを理由に、おそらくは表記を変更したのだろう。

（あれ、面談中……だったら、入るとまずいよな）

いきなり覗くのも気が引けて、篤臣は扉にそっと耳をつけてみた。じっと聞いていると、微《かす》かに聞こえる男の声は、楢崎のもののようだ。

(面談って、もしかして美卯さんとか)

少し安心して、篤臣は扉をノックし、返事を待ってからそろりと開けてみた。

カンファレンスルームの片隅、シャーカステンの前に、予想どおり、楢崎と美卯の姿があった。

だが予想外だったのは、そこに江南もいたことである。

「あれっ？　なんでお前が？」

キョトンとする篤臣に、ケーシー姿の江南はニヤリと笑って言い返してきた。

「アホ、俺は外科医としての参加や。どっちか言うたら、お前のほうがなんで、やないか」

篤臣はグッと言葉に詰まる。

「た、確かに。俺、なんで呼ばれたんだろうって思ってたけど……美卯さんのお母さんのことだよな？」

「そうだ。中森先生が、このメンツがかかわることになると、お前も身内としか言いようがないから、加わってはしいとの仰せでな」

「嫌じゃなければ、だけど。ごめんね、呼びつけちゃって」

楢崎の悪気のない居丈高な説明に、美卯がすかさず両手を合わせて言葉を足す。

たとえまだ結成一日目の偽装カップルであっても、恋人っぽく振る舞おうと意識しただけで息が合ってくるのだろうか……と少しだけ不思議に思いつつ、篤臣は三人に歩み寄った。

美卯は心なしか青ざめた顔で椅子に座っており、楢崎はシャーカステンの前に立っている。シャーカステンにセットされた胃の造影写真、それに机の上に並べられた写真は、ミドリのものだろう。

篤臣は少し迷ってから、机に浅く腰掛けた江南の隣に座った。そして、病院では自宅より精悍さが三割増しになっている江南の顔を見た。

「お前が来てるってことは……外科的な手術を考えなきゃいけないような展開？」

「せや。ホンマは小田《おだ》先生も来る予定やってんけど、緊急のオペが入ってな。俺によう話を聞いといてくれて言うてはったんや」

「そっか……。ってことは」

悪性、という言葉を使うのは、ミドリがいない場所でも美卯の手前気が引けて、篤臣は言葉を濁しながら楢崎を見る。

楢崎は、感情を拭《ぬぐ》ったように消した事務的な表情と口調で、篤臣の曖昧な問いをハッキリ肯定した。

「今、中森先生に説明しかけていたところだ。ちょうどいい、最初からやろう。結論から言えば、胃幽門部狭窄部位の少し上の胃体部後壁やや小彎《しょうわん》側、造影で言うとこのあたりだな、内視鏡写真では、同じ部位がここに当たる」

　楢崎は迷いのない口調でそう言いながら、ダブルの白衣の胸ポケットに差していた指示棒をヒュッと伸ばすと、シャーカステンにかけたX線造影写真を指した。次いで、机の上に並べた胃内視鏡写真を指し示す。

　さすが本職というべきか、鷹《たか》のように鋭い目で画像を睨みつけていた江南は、腕組みして低く唸った。

「よう見つけたな。肉眼では、粘膜のびらんと潰瘍に上手いこと紛れとるわ。そこを的確に生検する目ぇは、さすがや」

　同級生のストレートな賛辞を、楢崎はさも当然といわんばかりに胸を張って受け止める。

「そうでなければ、専門医は名乗れないさ」

　黙り込んでしまっている美卯に代わって、篤臣は消化器の専門家二人を交互に見比べながら問いかけた。

「つまり、この内視鏡写真でちょっと爛《ただ》れてる感じの場所に、その……癌が潜んでるってことか？」

　トーンを落としつつ口にした「癌」という言葉に、美卯の口元がわずかにピクンと動く。

　楢崎は、躊躇いがちな篤臣の質問を、すっぱりと肯定した。

「そうだ。最初はポリープの癌化を疑っていたんだがな、そっちは大丈夫だ。しかし、このびらんの一部が、癌化している。いわゆるⅡc型だな。見てみろ」

楢崎は篤臣のほうに、顕微鏡写真を拡大したものを押しやる。美卯も、それにじっと見入った。

全体的に淡いピンク色〜紫色に染まった組織写真は、数時間前、篤臣が見ていたものと同じHE染色法を用いて、胃壁の断面を染め分けたものである。

楢崎が指示棒の先端でぐるりと囲んだ領域に、明らかに異型な細胞の浸潤があった。

それをジッと見つめていた美卯は、縋《すが》るような眼差しで楢崎の冷徹な顔を見上げた。

「でもこれ、浸潤は粘膜下層に留まってるわよね？」

楢崎は、かりそめの恋人というよりは、優秀な生徒を見る教師のような満足げな顔で頷いた。

「そのとおり。いわゆるT1の段階、一般的には早期癌といわれるものですよ。明日、CTを撮って転移を調べることになりますが、この分だと、転移はないことが期待できますね」

「それって、凄くいいタイミングで癌が発見されて凄くよかったってことだよな、江南？」

篤臣の言葉に、江南は口元を緩めて同意する。

「せやな。こら、最初に怪しいと思うてくれはった、人間ドックの先生に感謝せなあかん」

「俺にもな」

しっかりと自分の眼力をアピールしてから、楢崎は美卯に向き直った。美卯は、期待と不安が入り交じった珍しいほど動揺した表情で、楢崎を見返す。

「あの、でも早期でも胃癌は胃癌だから、やっぱり切るの？　最近では、早期胃癌なら内視鏡でも手術できるって症例報告を読んだけど」

やはり、母親の入院が決まってから、彼女なりに勉強したのだろう。そんな美卯の言葉に、楢崎は軽く片眉を上げ、小さく肩を竦めた。それは決して小馬鹿にしているわけではなく、駄々をこねられて困ったというようなリアクションだった。

美卯は、これまた珍しく気後れしたように眉をハの字にする。

「ごめんなさい、専門家につけ焼き刃で話をしちゃって。……もしかして、そういう術式って、まだ少数派？」

「いや、そういうわけではありませんよ。……これは俺より江南から説明してもらったほうがいいだろうな」

「せやなあ」

江南は内視鏡写真を手に取り、しげしげと眺めてから口を開いた。

「確かに転移があれへんと考えられて、深達度が粘膜下層までの癌、しかも病巣が小さくて一括切除できるちゅう条件を満たしとれば、内視鏡手術も可能です。リンパ節転移の一つや二つは、一緒に取ってしまえるんでＯＫの範疇《はんちゅう》ですわ」

その光景を想像したのか、美卯はしかめっ面をして問いを重ねる。

「それ、内視鏡で癌をほじるってこと?」

江南は笑いながらかぶりを振り、両手で謎《なぞ》のアクションをした。他の三人は、一斉に首を捻《ひね》る。

代表して質問したのは、やはり篤臣だった。

「なんだ、そのアクション。大阪のくいだおれ太郎か?」

「惜しい! そっちやのうて、大阪名物、お好み焼きのほうや」

江南は得意顔でお国自慢をしてから、どこか楽しげに術式を説明し始めた。

「こう、ITナイフ言うて、まあようできた電気メスや、それで病巣の粘膜をまずはぐるーっと切開する。ほんで、お好みを返すときに、縁からでっかいコテを差し入れるやろ? あれと似たような感じで、粘膜下層の病変を見ながら、ちょっとずつ切って主要部分を剝《は》がしていくねん。こう、最終的には、ほんまに焼き上がったお好みを鉄板から皿に移すみたいに、ひょいっと腫瘍と周囲の組織を上手いこと取り外す」

「……それ、切りすぎて胃壁に穴を空けちゃったりしないの?」

どこか胡散臭そうに追及する美卯に、江南はさっきまでコテを持つアクションをしていた手で頭を掻いた。

「まあ、確かに、出血例や穿孔例の報告はちょいちょいあるんで、注意せなあかん術式なんですけどね。せやけど、その方法やったら、この患者さんみたいな陥没形の、ちょい潰瘍を伴ってるような病巣でも内視鏡でオペできるわけですわ」

「…………」

専門用語をバリバリ使って説明している江南は、ケーシー姿であることも手伝い、自宅で見ている江南よりずっとキビキビしていて、凜々《りり》しいといってもいい雰囲気がある。

（やたらかっこいいな、こういうときのこいつ）

篤臣はつい状況を忘れ、江南の横顔に見とれてしまっていた。だが、楢崎の意味ありげな咳払いに、ハッと我に返る。

羞恥《しゅうち》で熱くなった頬を手のひらでさりげなく冷ましながら、篤臣は慌てて質問した。

「じゃあ、その内視鏡手術で、美卯さんのお母さんの癌にも対応できるのか？」

だが、楢崎と江南は顔を見合わせ、同じタイミングで実に微妙な首の傾げ方をした。美卯は、ますます不安げに「……駄目なの？」と両方に問いかける。

「癌だけやったら、まあ、ＣＴで転移を調べた上で、それも十分に選択肢に入ってくると思うんです。何しろ侵襲が少のうて済むんで、患者さんも楽ですしね」

「でも、うちの母には無理なの？」

江南は、シャーカステンにかけたままの胃造影写真に顔を向けた。楢崎の手から指示棒を引ったくると、幽門部、つまり胃の出口のあたりをとんとんと叩く。乾いた樹脂の音を聞きながら、江南はこう説明した。

「この幽門部の狭窄が、やっぱし気になるっちゅうか、ここも瘢痕化が酷い上に、無事なとこにびらんがちょいちょい見られるんで、そのうち癌化する可能性が高いですね。せやし、きっちり切って、ええ具合に繋《つな》ぐ術式のほうがええかもしれへんです。ま、術式は、明日の検査結果が出て、うちの教授《プロフェッサー》が決めることですけど。俺の印象では、思いきってバッサリ行っといたほうがええと思います」

「そっか……。そうね。母も、今回は説得に応じてくれたけど、次に何かあったとき、同じように素直に言うことを聞いてくれるかどうかわからないし。どうせ手術をしなきゃいけないなら、内視鏡で当座を凌ぐより、根本的な治療をしてもらったほうがいいかもね」

そう言いつつも、美卯は、ガックリと肩を落とし、両手で机に頬杖《ほおづえ》をついてしまった。

「はあ、癌だって知ったら、母はきっと落ち込むわね。祖母や伯母の闘病がフラッシュバックするでしょうし。……可哀想《かわいそう》に。ずっと胃炎や胃潰瘍があったから、定期的に受診はしてたのに」

「定期的に診察を受けて、人間ドックにもかかっていたから、早期発見できたんじゃないですか。……大丈夫、明日の検査の結果が出たら、お母さんには俺がきちんと説明しますよ。何しろ、偽装彼氏ですからね」

少しおどけた口調でそう言って、楢崎は美卯の肩をポンと叩く。基本的に身内には無愛想なこの男としては、最大限の慰めのつもりなのだろう。

美卯も小さく笑って、礼を言った。

「ありがと。偽装でも、こういうときは本当に頼りになるわ。……江南君も、どうやらとてもお世話になってしまいそうだから、よろしくね」

「まかしてください」

江南もバンと胸を叩き、笑って請け合う。

そんな二人を自分もまた頼もしく思いつつも、さっき「怖い」と本音を吐露したときのミドリの姿を思い出すと、篤臣は胸塞ぐ思いがするのだった……。

四章　過ぎたるは及ばざるがごとし

　ミドリの病状を把握し、明日のCT検査後、最終的には消化器外科の小田教授を交えて治療方針を決定して本人に提案するということで話がまとまり、四人はひとまず解散した。

　楢崎はミドリの検査データを持って病棟へ去り、篤臣は美卯と共に法医学教室に戻ろうとしたが、そんな彼を江南がさりげなく呼び止めた。

「何？」

　振り返った篤臣に、江南はニッと笑ってこう言う。

「ちょっと時間取れるんやったら、自販機のコーヒーでも飲まへんか？」

「あ……まあ、いいけど」

　母親が癌だと知らされた美卯をひとりにするのが躊躇われて、篤臣は言葉を濁す。しかし美卯は、笑って篤臣の背中をトンと叩いた。

「じゃ、私は先に戻るわ。今日、予定があるから早めに帰ると思うけど、教室の鍵《かぎ》、持ってる？」

「あ、はい。それは大丈夫です」

「じゃあ、母のことでつき合ってくれてありがとう。また明日ね」

美卯は片手を軽く上げて、カンファレンスルームを出ていく。扉が閉まったのを確かめて、篤臣は江南に向き直った。

「珍しいな。お前がコーヒーとか。暇なのか？　っていうか、小田先生のオペ、途中からでも入らなくていいのか？」

至極もっともな篤臣の質問を、江南は曖昧な笑顔ではぐらかした。そして、おもむろにこう言った。

「今日は、まあええねん。大西《おおにし》の奴が俺の代わりに入っとるしな」

「大西が？　いやまあ、あいつだって外科医なんだから、オペには入って当然なんだけど、あいつがお前の代わりって珍しくないか？」

篤臣は、意外そうに大西の名を口にした。

学生時代から江南や篤臣とは色々と確執があった大西だが、昨年、一目惚《ひとめぼ》れしたフラワーショップのアルバイト店員だった女性と、江南と篤臣、美卯、それに楢崎の助りまで借りて無事に結婚して以来、少しずつ変わりつつあるらしい。

それまでは、仕事についてはできるだけ楽をしていい収入を得たい、興味を持つのは市中病院の割のいいバイトと玄人《くろうと》のお姉さんたちと合コンのみ、という鼻持ちならない男だった大西が、今は外科医院開業を夢見て、仕事に対して実に貪欲《どんよく》になってきたのである。

しかも、心優しい妻から人としての有り様を学んでいるのか、江南いわく、入院患者に対する態度もずいぶん温かくなってきたらしい。

来年の春にはなんと子供も生まれる予定だそうで、おそらくますます公私共に張りきっているのだろう。

「最近は、自分からいろんなオペに入って勉強しよるみたいやで。あいつも結婚して、ようやくエンジンがかかってきよった」

江南はクシャッと笑い、篤臣のほっそりした顔を覗き込んだ。

「なんやつくづく、男は嫁さん次第でどんなふうにでも変えられてまう生き物なんやな」

「そういうもんかね」

篤臣も、江南の笑顔につられて小さな笑みを浮かべる。そんな篤臣の頭を大きな手で撫で、江南は笑みを深くした。

「アホ、何を人ごとみたいに言うとんねん。俺もそうや。お前にずいぶん変えてもろた。もちろん、ええほうにな」

「江南……」

「俺かて、お前と一緒にならんかったら、結婚前の大西と似たり寄ったりの、いけすかん奴になっとったかもしれん。今の俺は、お前の作品みたいなもんや」

「だったら、俺だってそうだろ。男どうしなんだし、別にお前ばっか、俺に影響されたわけじゃないだろ。俺だって……お前のおかげで、変わったよ」

「そうか？　どこがや？」

「独り身だった頃より、ずっと打たれ強くなった。けど、昔よりずっと世話焼きになったし、お節介になったし、心配性にもなった気がする」

そんな篤臣の素直な言葉に、江南はふと困り顔になった。

「……それ、全部俺のおかげっちゅうより、俺のせいやな」

「だな」

あっさり頷き、篤臣はようやくいつもの笑顔になって、江南の二の腕を小突いた。

「いいんだよ、俺は今の自分がけっこう好きだから。……それよか、コーヒー飲みに行かないのか？」

「……あー、いや、やっぱし今はええわ」

「ええ？　なんだよ、珍しく自分から暇つぶしに誘っといて！」

江南の身勝手な発言に、さすがの篤臣も軽く憤慨する。だが江南は、謝りながらも不意に不思議な質問を口にした。

「すまん。せやけど暇つぶしで呼び止めたわけやあれへんねんで。ああ、うーと、お前、今日ははよ上がれるか？」

篤臣は幾分尖った唇に怒りを残しつつも、素直に頷く。

「うん。早くっていうか、今日は特に遅くまで頑張らなきゃいけないようなことはないから、いつもどおり七時前には上がろうと思ってるけど？」

するど江南は、つっと篤臣の耳元に口を寄せ、こう囁いた。

「ほな、ちょいとデートせえへんか。金曜の夜やし」

「へっ？」

思わぬ誘いに、篤臣は軽くのけぞる。

「デート。あかんか？　嫌か？」

「あかん……とか、嫌ってことはないんだけど」

篤臣は、狼狽《うろた》えて周囲を見回し、声を潜めた。

「お前、誘うにしても場所選べよ。ここは、よそ様のカンファレンスルームだぞ？　誰か入ってきたらどうすんだよ」

「かめへん。楢崎は気の利く奴や。まだ、面談中の札はかけたままにしとるやろ」

江南は平然と言い返す。しかし篤臣は、腰に回されかけた江南の腕から、一歩下がることでスルリと逃げた。

「だからって、調子に乗るんじゃねぇ。だいたい、今は美卯さんのお母さんのこともあって、なんだかあんまりデートなんて気分にはなれないよ。ごめん、せっかく誘ってくれてるのに」

「美卯さんのお母さんのことは、今からそないに構えることはあれへん。まだこれから、そこその長丁場になるんや、気持ちをゆったり持っていかんと。だいいちお前、当事者ちゃうねんし」

「それは……そうなんだけどさ」

「まあ、お前はそういうやっちゃからな。しゃーない。ほな、デートやのうて、ちょっとした気晴らしやと思って来いや。七時半に、Jホテルのロビーで待っとるから」

「Jホテル？」

またしても驚かされて、篤臣はぱっちりした目を見張った。

江南が篤臣を外食に誘うときは、居酒屋やビストロ、イタリアン、あるいは大衆中華など、気軽に食事を楽しめる店を選ぶことが多い。

だが、Jホテルといえば、K医大から電車で五駅の距離にある、このあたりではいちばんの高級ホテルである。

江南も篤臣も、結婚式の披露宴に招待されて一度訪れただけの場所のはずだ。

「ちょ、ちょっと待てよ。あんなちゃんとしたとこで飯食うつもりか？　誕生日でもクリスマスでもなんでもないのに？」

「おう」

江南はこれまた平然と頷く。篤臣は、あんぐりと開けた口がどうにも塞がらない状態で、訝しげに江南をジロジロと見た。

「どうしたんだよ、お前。なんのつもりだ？　つか、あんなとこ、スーツじゃなきゃ飯食えないんじゃないのか？　わざわざ帰って着替えるとか、いくらなんでもめんどくさいぞ。もっと気楽な店でいいだろ？」

「あかん。今日はホテル飯の気分やねん」

江南の気まぐれを理解しきれず、なんとかいつも行くような店で妥協させようとした篤臣だが、江南はやけに強情に、Ｊホテルでの食事を主張する。

「気分って……。いったいなんなんだよ、お前」

「ええから。ホテル言うても、メインダイニングに行くわけやない。そこまでのドレスコードはあれへんから、ジーンズ違うかったら大丈夫や」

「そう……なのか？　だけど、マジで今日はそういう晴れがましいとこで飯を食う気分じゃないんだけどなあ」

「なあ、頼むから、今日だけは俺の思うとおりにしてくれへんか？　ホンマ、頼むわ。このとおりや」

まだ渋る篤臣に、江南は両手を合わせ、軽くとはいえ頭まで下げてみせる。

いつもは強引な自称旦那にこうもしおらしく「お願い」されては、どうにも弱い篤臣である。

「よせよ、そういうの。なんだかよくわかんねえけど……お前はどうしても今夜、俺とJホテルで飯を食いたくて、しかも俺が乗り気じゃなくても、絶対に諦める気がないんだな?」

「せや」

きっぱりと頷かれ、篤臣は気が進まないまま、仕方なく頷いた。

「だったらしょうがねえ。……わかった。七時半にロビーだな? つか、それなら、病院の外ででも待ち合わせて一緒に行けばいいのに」

「いや、俺はちーと、寄り道して済ませる用事があるねん。寒いし、風邪引いたら困る。お前はホテルに直で行って、待っとってくれや」

何かがおかしいと感じながらも、せっかく自分を思いやってくれている江南を怪しむのも悪い気がして、篤臣は眉をひそめたまま承知する。

「そっか? じゃあ、ホテルのロビーで」

「おう。ま、あれこれ考えんと気軽に来いや。ほな、俺も仕事片してくるわ」

そう言うなり素早く篤臣の唇にキスをすると、江南は「絶対時間どおりに来いや? 遅うても早うてもアカンぞ」と念を押してカンファレンスルームを出ていく。とうとう篤臣は、だだっ広い部屋にひとり残されてしまった。

「ったく、なんでこのタイミングで、あんな我が儘を言い出したんだ、あいつ」

江南のかさついた唇の感触と熱がまだ残ったままの唇を指先でなぞり、篤臣は困惑の呟きを吐き出す。

「あ……でも、もしかして我が儘じゃなくて、ホントに俺を気遣ってくれたのかな」

長いつき合いなので、江南は篤臣のいいところも悪いところもよく知っている。

気遣いができるタイプといえばいい評価だが、それは裏返せばそのまま、色々とくよくよ考え込みやすいタイプということだ。

美卯の母親ミドリの病状や、美卯と楢崎の偽装カップルのことが気になって、あれこれ気を回してしまう篤臣を思いやって、週末くらい息抜きをさせようと計画してくれたのかもしれない。

あるいは今日、小田教授の手術に入らなかったのも、ミドリの病状を楢崎や美卯と話し合うために加え、篤臣と出かける目的があったためかもしれない。

そう思うと、江南のさりげない優しさに胸がじんわり温かくなる篤臣である。

「そうだな。美卯さんのお母さんのことなのに、勝手に俺があれこれ気を揉んだって仕方ないし、もっと上手に距離をとって、お母さんと美卯さんの両方をサポートできるようにならなきゃ。……うん、やっぱりちょっと、気晴らし必要だよな。江南の言うとおりだ」

篤臣はようやくスッキリした表情で頷き、カンファレンスルームを出た。「面談中」の札を裏返し、エレベーターホールへ向かう足取りは軽い。

江南は「ただの気晴らし」と言ったが、金曜の夜にホテルのレストランで改まって「デート」するなど、いつ以来かわからないほど久しぶりだ。

つい浮かれてしまう自分に、まだ職場だと言い聞かせ、軽く片頬をペチリと叩いてみはするものの、篤臣の頬には小さな笑みが浮かんでいた。


そして、午後七時半を二分だけ過ぎて、篤臣はJホテルに到着した。

やはりポロシャツとチノパンでは気が引けて、早めに職場を出ていったん家に帰り、着替えてきたのである。

ガラス張りの自動ドアを抜けると、暖かな空気が全身を包む。たちまちのぼせてしまいそうだったので、篤臣はダッフルコートを脱いで腕にかけた。

自宅で迷いに迷って身に着けてきたのは、シックなチェック柄のシャツと濃いベージュ色のパンツ、それに深緑色のコーデュロイのジャケットだった。

ノーネクタイだし、カジュアルではあるが、ジャケットがあるだけで、ずいぶん気分的には心強いものだ。

「江南、もう来てるかな」

さすが高級ホテル、入り口こそ妙に静かでこぢんまりとしているが、フロント前のロビーは驚くほど広く、さすが金曜の夜だけあって、人でごった返していた。

高い天井には「オペラ座の怪人」を思わせる巨大なシャンデリアが下がり、それを中心として、背もたれが曲面になった二人掛けのソファーが互い違いに何列も配置されている。

造形的には美しいが、あまりにもたくさんの人間がそこに座ることができるので、人を探すにはあまり適していないレイアウトだ。

(端っこから見ていくしかないか)

早くも軽くうんざりしつつも、地道に江南を探そうとした篤臣の背後から、誰かが彼の名を呼んだ。

「⁉」

だが、それは江南の声ではなかった。

女性の……しかし、嫌というほど聞き慣れた声。

弾かれたように振り返った篤臣は、自分の目を疑った。パチパチと瞬《まばた》きするだけでは足りず、コートをかけていないほうの手で、子供のように目を擦る。

無理もない。屈託のない笑顔でそこに立っていたのは、彼の母親、世津子だったのである。

しかも、世津子だけではない。彼女の隣には、してやったりの笑顔の江南が、さらにその横に、江南の母親チエがニコニコしているではないか。

「ちょ……お母さん⁉　っていうか、おかみさんまで⁉　えっ⁉」

「こら、ロビーで大声出すんじゃないの。子供みたいよ」

篤臣に歩み寄った世津子は、悪戯っぽい顔で息子を窘め、襟にくっついていた糸くずを指で摘まみ取る。

「久しぶりやねえ、篤臣君。元気そうで安心したけど、相変わらず細いなあ。うちの耕介が、要《い》らん苦労かけとるせいやないかしら」

チエもおっとりした大阪弁でそう言いながら、息子に腕を借り、ゆっくりと近づいてくる。最近、持病の腰痛を何度か悪化させたらしきチエなので、以前よりも動作が鈍くなっているようだ。

落ち着いた薄紫色の着物を着て、髪もきちんとセットしたチエの姿に、篤臣はただひたすら驚くばかりだ。

「や、そんなことは……っていうか、これはいったいどういう……」

「どや、びびったか」

江南は楽しげに笑うと、自分よりずっと背の低い母親の顔を見下ろした。

「実はな、お母んが明日、このホテルで披露宴に出席すんねん」

チエも、まだ鳩《はと》が豆鉄砲を食ったような顔のままでいる篤臣に説明を追加した。

「東京に嫁いだ幼なじみの、ひとり息子さんの結婚式なんよ。久しぶりに友達に会いとうて、来さしてもろたん。お父さんにも、東京で羽を伸ばして、養生せえ言われてねえ」

「そう……だったんですか」

「で、お前、正月に里帰りできへんのを気にしとったやろ。せやし、前の日から来たらどうやて、お前に黙ってで悪かったけど、このホテルに部屋取って呼んだんや。お母んをお前に会わしとうてな」

「……ああ」

「でね、自分の親にだけそんなことしちゃ、あんたに申し訳ないからって、私までご招待してくれたのよ。もう、ビックリするくらい素敵なお部屋！　早々と寝ちゃうのがもったいないから、今夜はこちらのお母さんと二人で、母親どうしの苦労話で盛り上がる予定なの。いわゆる女子会ね」

世津子もクスクス笑いながらつけ足す。彼女もついぞ見たことがないような上品なスパンコールが胸元についたストンとしたデザインのワンピースを着ており、華やかに化粧をしていた。

そんな母親の姿を見るのは、高校の卒業式以来の篤臣である。ただもう、目をパチパチさせるしかない。

「女子会……ってか……じゃあ、おかみさんも、お母さんも、俺のために？」

「篤臣君のためっちゅうか、私が篤臣君に会いたかったんよ。あと、アホな息子がちゃんと

しとるかどうか確かめてこいて、お父さんからも言われとるしね」

「私も、あんたにはもちろん、江南君にも会いたかったわ～。相変わらずいい男ぶりで、早速目の保養をしちゃった」

チエと世津子は口々にそう言い、呆《ほう》けたままの篤臣の顔を覗き込んで笑う。まるで、昔からの友達どうしのような息の合った仕草である。

ようやく少し落ち着いた篤臣は、二人の母親越しに、恨めしげに江南の顔を見た。

「くそ、デートだの息抜きだのって、よくも俺を騙したな。聞いてねえぞ、こんなの」

江南はニヤニヤして、篤臣の隣に立った。肩にポンと手を置き、宥めるように囁く。

「息抜きっちゅうか、気分転換にはなったやろ、ドッキリで」

「ドッキリすぎだ！　ったく、そんで、ホントに食事はするんだろうな？」

「おう。そうは言うても、フランス料理やら片肘《かたひじ》張った会席料理やら、濃い中華やらはかなわんやろ。俺らはともかく、お母んは明日、披露宴でご馳走やしな。せやし、みんなでのんびり気楽に食えるように、和食レストランに予約入れてあるねん」

「気楽な和食？」

「せや。和食やったらなんでもあるとこに、ひととおりの旨そうなもんを頼んどいた。足がしんどうならんように、掘りごたつの個室をとってある」

「まあ、江南君、気が利くわね。掘りごたつは嬉しいわ。この年になると、正座がつらいのよね」

世津子は嬉しそうに弾んだ声を上げたが、チエは、ついぞ経験したことのない息子の気遣いに、信じられないという顔をしている。

「ほな、行こうや。そろそろ予約の時間や。お義母さん、腹減ってます?」

「もちろん！　ちゃんとお昼を抜いて、お腹《なか》ぺっこぺこにしてきたわよ。楽しみね～。何をご馳走していただけるのかしら」

江南と世津子は、楽しそうに先に立ってエレベーターホールへと歩いていく。

以前、父親の耕造とケンカして実家を飛び出した江南が、単身、世津子のマンションに転げ込んだことがあった。そのときに、すっかり打ち解けたらしい。

篤臣は、ぼんやり仲間になってしまったチエに、やや遠慮がちに声をかけた。

「あの、おかみさん。じゃあ、行きましょうか。着物で、腰、つらくないですか?　江南が予約したのはカジュアルな店みたいなので、もっと楽な服装でも……」

「腰痛には、着物がかえって楽なんよ。けど、心配してくれてありがとうな。いや～、耕介があないに優しいこと言うなんて、信じられへんわ。あれは、篤臣君の考えと違うの?」

チエはまだ疑わしげに、篤臣に耳打ちする。篤臣は、ようやく笑顔になってかぶりを振った。

「いいえ、俺も驚かされたクチです。親父さんやおかみさんには素直に気持ちが表せないいんでしょうけど、あいつ、いつだって優しいんですよ。お二人のことも、ずっと気にかけて、心配してます」

「……そうなんやろか。あの子には、心配と厄介しかかけられたことがあれへんから、にわかには信じられへんわ」

「ホントですよ。さ、行きましょう。……ええと、腕とか、摑《つか》まったほうが少しは楽なのかな。よかったら、どうぞ」

「おおきに。こんなんしてもうたら、なんや照れるわ。いつぶりやろ」

チエは言葉どおり盛大に照れながらも、こちらも恥ずかしそうに篤臣が差し出した腕に、ちょんと手をかける。

こうして二組の母子は、思いがけない再会の驚きと喜びの中、賑やかに喋りながらレストランへと向かった。


「ほな、乾杯」

江南の音頭で、四人はビールのグラスを軽く合わせた。

テーブルの上には、タイミングを見計らったように、季節感溢れる先付けが運ばれてくる。

江南が予約したのは、高層階ではなく、一階の和食レストランだった。瀟洒《しょうしゃ》な庭園に面した店内には、琴をメインにしたいかにもという感じの音楽が控えめに流れている。

こぢんまりした床の間のある個室は静かで、四人は次々とテーブルに並べられる料理を楽しみながら、話に興じた。

気楽な和食と江南が言ったとおり、彼があらかじめ注文してあった料理は、大盛りの和風サラダ、刺身の盛り合わせ、炭火焼きの魚、焼き鳥、天ぷらなど、気取らないものばかりだった。

チエの希望で追加した茶碗蒸しを食べながら、話題は息子一人が世話になっている法医学教室のことになり、詳しいことは無論語らないにしても、篤臣の上司、美卯の母親が入院中であることを聞いた母親二人は、揃って心配顔になった。

「えらいことやねぇ。はよ、ようなりはったらええけど」

チエの言葉に、ビールでほんのり頬を赤くした世津子も相づちを打つ。

「ホントに。早くよくなられるといいわね。娘さんも心配でしょう」

篤臣は母親の言葉に深く頷く。

「うん、色々心配してる。お父さんが外国に単身赴任中だから、余計にさ」

「あら、そう。……でも、勇気あるわね、そのお母さん」

「勇気、ですか？」

世津子が不思議な言葉を使ったのを聞き咎めて、江南は焼き鳥の先端の一かけだけ齧ったところで動きを止める。

息子二人に不思議そうな顔をされた世津子は、チエに同意を求めるように身を寄せた。

「だって、娘の働いてる病院でしょう？　緊張するわよ。自分の振る舞い一つで、娘に恥をかかせたり、娘の評判を落としたりしたらどうしようって、絶対思っちゃうわ」

「へえ……そないなもんですかね。俺はてっきり、自分の子供がおったら、安心しきって入院できると思うてたんですけど」

江南は少し驚いた様子でそう言ったが、篤臣は、「やっぱりそうなんだ？」と自分の母親を見た。

「あら、何か言われたの、そちらのお母さんに」

世津子に問われた篤臣は、ミドリとの会話を思い出し、頷いた。

「うん。明るくて賑やかなお母さんでさ、そういう人だから病気に対しても楽観的なのかなって思ってたらそんなこと全然なくて、検査結果がどう出るか、凄く怖がってた。でもその怖い気持ちとか不安とか、娘の美卯さんや主治医やスタッフには言えなかったみたいなんだ。俺と二人のときに初めて口に出せて、ちょっと楽になったって言ってた。これからは、遠慮せずに言ってくださいって説得はしたけど」

「いやあ、気の毒やわ。せやけど、ようわかるわ、その気持ち」

チエも、ふっくりした手を頬に当てて、眉尻を下げる。江南は心外そうに、唇をへの字に曲げた。

「ちょー待てや、お母ん。わかるて、そうなんか？　俺に診《み》られるんとか、嫌か？」

息子に問い詰められて、チエは「嫌やないけど……」と何度か首を傾げた後、こう言った。

「ああいや、やっぱり嫌やわ。変な話やけど、息子に身体見せるんは恥ずかしいし」

「何言うてんねん。親子やぞ」

「親子やからやないの。他の先生やら看護師さんやらに遠慮する気持ちもようようわかるわ。ねえ」

チエは救いを求めるように世津子を見る。世津子は、鼻息も荒く同意した。

「そうよぉ。江南君には前にも言ったでしょ。母親って、いくつになっても子供が心配で仕方ない生き物だもの。自分が足を引っ張りたいなんて、絶対に思わない。いい子の患者でいようとするそちらのお母さんの気持ち、痛いほどわかるわ」

「やっぱりそうなのか。お母さんってのは、ホントに子供が一生大事なんだな。自分が病気になっても、子供のことを考えて我慢しちゃうんだもんな。ありがたいよ。……な、江南」

篤臣はミドリのことを思い出し、母親たちの愛情にしんみりした面持ちになる。だが江南のほうは、まだ若干納得がいかない様子で世津子とチエに問いを重ねた。

「ほな、息子より、他人に診察されたり、俺がおらん病院に入ったりするほうが、気ぃ楽なんか？　お義母さんもそうですか？」

いかにも不満そうに詰問され、あまり饒舌《じょうぜつ》でないチエのほうは、すっかり困ってしまう。

「そういうわけやないねんで？　せやけど……」

だが篤臣によく似て、意外と鉄火な世津子のほうは、立てた人差し指をビシッと江南の鼻先に突きつけた。

「そういうことじゃないの！　確かに他人様のお世話になるほうが気は楽だけど、いつか自分が病気になって、手術が必要ってことになったら、私は江南君にお世話になりたいわ」

「お義母さん……」

「恥ずかしいし、気も遣うし、窮屈な思いをするでしょうけど、やっぱり誇らしいじゃないの。義理だって、息子は息子よ、他の患者さんに自慢しちゃうかもね、私の息子が主治医なのよーって。母心は複雑なの、ねえ？」

「せやせや。自慢やけど、かなわんのよ」

チエも盛んに同意する。

「そういうもんか？」

「そういうもんや。お父さんはまた違うかもしれへんけど、母親はそうなんやで。独り立ちして、立派になっていく子供を嬉しゅう頼もしゅう思う気持ちはあるけど、やっぱし心のどっかに、自分が産んで初めて見たときの顔があって、それが離れへんの。せやから、いつも心配。余計な世話かもしれんけど、ずうっと心配なんよ、耕介」

「お母ん……」

ずっと、感情表現の激しい夫と息子の板挟みになっていたせいで、自分の想《おも》いを口にすることがついぞなかったチェの本心に、江南は絶句する。

「そうそう、死ぬ思いで産んで、男の子ですよーって抱かせてもらって覗き込んだ我が子の顔が、真っ赤でくっちゃくちゃのおじいちゃんみたいで、愕然としながらも感動したのよね。篤臣のあの顔は、一生忘れないわ」

「ちょ、ちょっと、そう言われるとすげえ複雑なんですけど。せめて、可愛くなってからの顔で記憶しといてくれよ」

「無理無理。あの衝撃は、母親にしかわかんないわよ。ああでも、そんな生き物でも可愛いと思える自分にビックリしたってのもあるわね」

「ますます、ありがたいんだか困るんだかわかんないだろ、そんな記憶！」

感動でしんみりしそうになった部屋の空気が、世津子と篤臣の会話でぱっと明るくなる。そこから四人は、江南と篤臣が生まれる前後の思い出話で大いに盛り上がったのだった。

結局、午後十時前までかけて楽しく食事を終え、二人の母親を客室へ向かうエレベーターに乗せて見送り、篤臣は江南に声をかけた。

「そんじゃ、帰ろうか」

「おう。……あ、ちょー待っとってくれ」

そう言うと、江南はフロントへ歩み寄り、制服姿の従業員としばらく話し込んでいた。篤臣はコートに袖を通し、訝しく思いつつ少し離れた場所で待つ。

戻ってきた江南は、自分もロングコートを着込みながら説明した。

「いや、あの人ら、俺らの奢《おご》りやと思うたら、遠慮してルームサービスも何も頼みそうにないやろ」

「……ああ、確かに」

「せやし、せっかくの『女子会』なんや、紅茶とケーキを部屋に届けたってくれて頼んできた」

さすがに篤臣はビックリして江南の得意げな笑顔をつくづくと見る。

「お前、今日はマジで驚くほど気が回るな。いったいどうしたんだ?」

すると江南は、エントランスに向かって歩きながら、サラリと種明かしをした。

「そんなもん、楢崎に聞いたに決まっとるやろ。女性の扱いは、年齢問わず、あいつに教わるんがいちばん早いわ」

「なんだよ、そういうことか。超納得した。楢崎のおかげで、すっげー株上げたな、お前」

「そこは、優秀なブレインを抱えとる俺の人徳やって言うてくれや」

「調子のいいこと言ってやがる。ちゃんと、俺からもお礼言ってたって、楢崎に伝えてくれよ。お母さんもおかみさんも、おかげで凄く楽しそうだったたって」

異様なまでの江南の気配りの秘密をようやく知った篤臣は、むしろホッとした様子でそう言った。

「おう」

江南も満足げに頷き、二人は肩を並べてホテルから出て、冷たい夜風の吹く中を歩き始めた。

しばらく無言の時間が流れ、おもむろに口を開いたのは、江南だった。さっきまでの余裕しゃくしゃくの表情はどこへやら、ほんの少し不安げに、傍らの篤臣に問いかける。

「……なあ、篤臣、怒ってへんか、今日のこと？」

篤臣は、驚いて否定する。

「なんでだよ。お前に感謝こそすれ、怒る理由なんてないだろ？」

「せやかて、年末年始の何かと物入りなときに、相談もなしに勝手な金の使い方してしもたからな。すまん」

江南は、篤臣に小さく頭を下げて謝る。篤臣は、慌てて江南のコートの袖を引いた。

「よせって！　何言ってんだよ。ビックリしたけど、すっごく嬉しかったよ。おかみさんにも、お母さんにも会えて。二人が仲良くしてくれてるのを見るのも嬉しかったし、なんだか照れくさい話もいっぱい聞けたし。お前がこれまでやらかしたサプライズの中では、最高の一つだった」

「さよか。そらよかった」

安堵した顔でそう言うと、江南はいつもは鋭い切れ長の目を優しく細め、暗がりでも仄白《ほのじろ》く浮かんで見える篤臣の笑顔を見た。

「なんや、お前を喜ばせようと思うたのに、俺も嬉しかった。母親っちゅうんは、ホンマにありがたいもんやな。俺、お母んとあないな話したん、生まれて初めてや。ずっと親父の後ろにおって、あんまし自分の考えを言わん人やったからな、昔から」

「そっか。うちの母親がなんでもズケズケ言うほうだから、おかみさんも今日はつられたのかも。江南の場合はさ、お母さんと二人で話すってことが、そもそもなかったんじゃないか？　ちゃんこ屋の仕事がずっと忙しかったんだろ、ご両親」

「せやなあ。今日みたいに、飯食いながらお母んとしみじみ話すなんてことは、ホンマになかったな。ええ機会やった。なんや、ガキの頃の二十年分を、今日だけで話した気がするわ」

「そんなにかよ？……はあ、なんつか、俺さ、うちの母親が、お前に笑いかけてくれるだけでもいまだに嬉しいんだよ。おかみさんが俺に優しくしてくれるのも、同じだけ嬉しい」

「……おう」

「決して世間じゃ一般的とはいえない俺たちのことを受け入れて……いや違うな。そんな大仰なことじゃなくて、ただ俺たちが一緒にいることを喜んでくれてるのがわかって、凄く幸せなんだ。今夜は俺、頭からつま先まで嬉しい気持ちばっかりだ。ホントにありかとな、江南」

「篤臣……」

数少ない外灯の光に、篤臣の目に溢れんばかりに溜まった涙が、キラキラ反射している。

江南は、穏やかな笑顔で頷いた。

「俺も、おんなじ気持ちや。親父には会うてへんけど、お袋に俺の様子を見てこいて言うてくれた、それで十分気持ちはわかる。お前のおかげで、わかるようになれた。……俺にとっても、不思議なくらい嬉しい夜や」

ホテルの前を流れる川沿いの道をゆっくり歩きながら、江南は薄曇りの夜空を見上げた。

「美卯さんのお母さんのことがあったから余計やけど、ちょっとずつ年とって、あちこちガタがきとっても、親が元気でいてくれるんはありがたいもんやな。美卯さんのお母さんも、うちがオペすることになるんやろけど、ちゃんと元気にして、美卯さんに返したらんとな」

「そうだな。俺は直接医療にかかわるわけにはいかないけど、近い他人として、せめて愚痴聞き係を務めなきゃ」

そう言って、篤臣は彼本来の明るい笑顔を見せる。江南は、そんな篤臣を愛おしげに見つめてしみじみと言った。

「やっぱし、帰ることにしてよかったわ」

「へ？」

不思議そうに小首を傾げる篤臣に、江南はこう言った。

「ホンマは、せっかくの機会やし、週末やし、俺らも部屋取って泊まろうかと思てんやけどな。やめたんや」

「そりゃ別にいいけど、なんで？　確かにお前だったら、俺たちも泊まろうって言いそうなのに」

「なんでって訊かれたら答えにくいねんけど……。確かに、お前にもたまの贅沢をさしたりたいっちゅう思いはあったんやで？　せやけど、なんちゅうか……」

江南は照れくさそうに指で鼻の下を擦り、並んで歩く篤臣を手を不意に取ると、そのまま自分のコートのポケットに突っ込んだ。

「あ、おい」

人目を気にして篤臣は狼狽えるが、江南は笑って言い放った。

「暗うて、誰にもわからへん。大通りまでや。……なんや、ホテルの見慣れん部屋に泊まるより、こうしてお前と二人で、俺らの家に帰りたいなーて思うてな」

「江南……」

「これまでもこれからも二人きりやけど、俺ら、もう立派に家族やな」

そんな言葉と共に、ポケットの中で、江南の大きな手が、篤臣の手をギュッと握りしめる。

「今さら何言ってんだ、馬鹿野郎」

篤臣は酷くはにかんだ笑顔でそう言い、江南の手を握り返した。そして、ピタリと足を止める。つられてつんのめるように立ち止まった江南は、不思議そうに篤臣を見た。

「篤臣？」

すると篤臣は、ポロリとこぼれた涙を拭きもせず、静かな声でこう言った。

「俺たち、親に生んでもらって、大事に育ててもらって、こんなにでっかくなってもまだ見守ってもらって……。いっぱい心配かけて、一緒になったんだ。ちゃんと、二人で幸せでいないと、バチが当たる」

「……せやな」

「なんか恥ずかしいけど、でも、今言わなきゃいけないような気がするから言うよ」

そう前置きして、篤臣はポケットの中で手を握り合ったまま、江南と向かい合う。

「今日、おかみさんからお前が子供の頃の話をいっぱい聞いて、あらためて思った。俺は、お前の親御さんごと、お前が好きだ。今のお前だけじゃなく、お前が生まれてからずーっと育ってきた日々を含めて、丸ごとのお前が好きなんだなって、そう思った」

篤臣の言葉に、ほんの数秒、動きを止めた江南は、ゆっくりと破顔した。そして、自由なほうの手で、篤臣の冷えた頬を包み込むように触れた。

「俺も同じく、や。ほんで、俺らの大事な親は、俺らが幸せでおることを、何より喜んでくれる。うんと幸せになって、うんと親孝行しようや、篤臣」

「うん」

小さな子供のようにこっくりと頷いて、篤臣は「通りに出る前に、いっぺんだけ」と囁くようにねだる。

「……なんや今日は、ええことずくめで怖いな。お前から催促とか、リュウグウノツカイが海岸に打ち上がるより珍しいかもしれん」

実に珍妙なたとえを口にして、江南は今にもとろけそうな笑みを浮かべた。

そして左手は篤臣の右手と握り合ったまま、篤臣の頬に触れていた手を下ろし、細い腰をギュッと抱き寄せると、いっぺんだけ……だが、酸欠で目の前が暗くなるほど長いキスを贈ったのだった。

*　*

それから三日後、朝から城北教授が他大学で出張講義、美卯が証人喚問で裁判所に出廷したため、篤臣は朝からひとりで司法解剖をこなし、午後二時過ぎ、ヘトヘトになって解剖室を出た。

今朝は寝過ごして朝食も摂《と》らずに出勤したため、完全にガス欠で、腹が解剖の最中からずっと切ない音を立てている。解剖の終わり頃には、軽い低血糖で手が震える有り様だった。

すっかり遅い昼になってしまったので、コンビニで何か買ってこようか、それとも近所の飲食店にさっと行ってこようかと迷いながらセミナー室の扉を開けた彼は、自分の隣の席に美卯の姿を見て、目を輝かせた。

鑑定医になったとはいえ、まだまだひとりぼっちでの解剖には不安の残る篤臣である。今朝の症例について美卯に話し、自分の判断に間違いがないか、見落としはないか、検証につき合ってもらおうと考えたのだ。

しかし、声をかけようとして、篤臣はぐっと声を呑み込んだ。

椅子にかけた美卯が、深く頭を垂れ、両手で顔を覆っているのに気づいたからだ。

(どうしたんだろ。……法廷、揉めたのかな)

篤臣は静かに美卯に近づき、自分の椅子を引いてゆっくり腰を下ろした。

篤臣の気配に気づいて、美卯はゆっくりと顔を上げる。自動的にその顔から手が外れた。

泣いているのではないかという予想に反して、美卯の顔は涙に濡《ぬ》れてはいなかった。ただ、心なしか顔色が青ざめて見える。

「……おかえり、なさい」

篤臣は、躊躇いがちに声をかけた。美卯は一つ大きな息を吐き、明らかに元気のない声で言葉を返した。

「ただいま。そしてお疲れ様。解剖、終わっちゃったのね。休みしたら、手伝いに下りようと思ってたんだけど」

「いいんですよ、そんなの。なんだか凄く疲れてるみたいですけど、証人喚問で何かあったんですか？　弁護士にしつこく苛《いじ》められたとか、何か嫌な質問をされたとか」

するとスーツ姿の美卯は、小さくかぶりを振った。

「違うの。証人喚問は、呆気ないくらいスムーズに終わったわ。だけど、帰り道に楢崎君から連絡があってね。検査結果が出揃って、消化器内科外科で治療方針もまとまったから、うちの母に話をすべきタイミングだって。だから……」

「話してきたんですか？」

篤臣は、美卯のほうに軽く身を乗り出す。美卯は、瞬きで頷いた。

「ドクターたちに立ち会ってもらって、母に話してきたわ。病気のこと、隠さずに」

「癌のことと……手術のことですよね？　どう、だったんですか？」

篤臣は恐る恐る訊ねた。

彼の脳裏には、癌に倒れた母親や姉の過酷な闘病生活を思い出し、激しく怯《おび》えたミドリの姿が過ぎっていた。

あのとき彼女は、美卯や医局のスタッフにも素直になるよう努力するとは言ってくれたが、おそらく、それは『多少素直になる』という意味であり、篤臣に吐露したのと同じような激情を露わにしてはいないだろう。

だが、癌の宣告を受ければ、いくら母親としての矜持《きょうじ》と気遣いがあるといえども、ミドリは取り乱したかもしれない。美卯に、あのとき篤臣に見せた恐怖の表情を見せてしまったのかもしれない。

きっと、母親が想像以上に怯える様を見て、美卯は大きなショックを受けたのだろう。

篤臣はそう考えていた。

だが美卯は、やや嗄《か》れた声で淡々と答えた。

「なんだか、ちょっと拍子抜けだった」

「えっ？」

意外な返事に、篤臣は小さな驚きの声を上げる。美卯は、そんな篤臣にかまわず、独り言のような口調で話し続けた。

「きっと、手術は嫌だとか、治療しなくても自然に癌がなくなるかもとか、サプリで治るかもとか、あの人量に買い込んだ本に書いてあったようなことを言って、駄々をこねるんじゃないかって覚悟してたの。そのときは、叱りつけるつもりだったんだけど、必要なかった」

「治療を拒否したり、癌を否定したりはしなかったってことですか？　じゃあ逆に、癌も治療も受け入れた？」

「ええ。娘の彼氏なら、将来的に義理の息子になるかもしれない。そんな人が真剣に診察して、検査して、その上で癌だと判断したなら、きっと確かなんだろうって」

「…………」

「そして、一生懸命考えてくれた治療方針なら、受け入れないわけにはいかないって」

「ああ……なるほど」

「外科の主治医になる江南君と一緒に、執刀医になる小田教授も来てくださって、丁寧なご挨拶をいただいたの。術式についてもわかりやすく説明してくださったわ」

篤臣は、小田の温和な笑顔と外科医らしからぬやわらかな口調を思い出し、微笑する。

「小田先生が説明してくださったんなら、心強かったでしょうね」

美卯も疲れた笑顔で頷く。

「ええ。単に癌を取り除くだけじゃなく、幽門の狭窄を解消して、これからの人生をいちばん快適にするための手術をしたいって言ってくださった、その言葉が大きかったみたい。母は、怖いけどおまかせしますって言ってくれたわ。粘膜の炎症症状が落ち着いたら、できるだけ早く手術をって方向で、話がまとまったの」

「よかったじゃないですか」

篤臣がそう言うと、美卯は曖昧な頷き方をする。

「うん、まあ……ね」

彼女のどうにも鈍い反応を不思議に思い、篤臣はますます訝しげに問いかける。

「何かあったんですか？　今聞いた限りでは、いちばんいいほうに話が進んでると思うんですけど。もしかして、お母さんが本心では嫌がってるのに、美卯さんに気を遣って承諾したとか？」

「ううん、そうじゃない。怖い気持ちはあるし、正直言うと手術なんて嫌だって、母は素直に打ち明けてくれたわ。だからこそ、楢崎君も小田先生も江南君も、決して、いたずらに命を延ばし、苦しめるための治療をするんじゃない、本当に元気になるための手術をするんだって断言してくれた。だから……話し合いは本当に上手くいったの。嬉しかったわ」

篤臣は、眉根を寄せ、美卯の青白い顔を覗き込んだ。

「でも美卯さん、ちっとも嬉しそうな顔をしてないですよ。何かあったんでしょう？」

「何もないってば」

「だけど！」

「ホントに何もないのよ！」

食い下がる篤臣に、二度までも「何もない」と繰り返してから、美卯はもう一度嘆息した。そして、机の上にあったスマホを取り上げると、さっきまでとは違う、どこか寂しそうな笑顔でこう言った。

「ごめん。色々相談に乗ってもらって、母の話し相手までしてくれてる永福君に、隠し事は駄目だよね」

「やっぱり何かあったんですね？」

「何かっていうか……ホントに、何もなかったの。あるのは私の心の問題だけ」

そう言って、美卯は片手でスマホの液晶画面を操作した。差し出された画面いっぱいに映し出された画像を見るなり、篤臣の喉から「ぐひょっ」という世にも奇妙な声が漏れる。

何かとてつもなく微妙な味の食べ物を口に放り込まれたような表情で、篤臣は、スマホと美卯を見比べた。

「……なんですか、これ」

そう言った篤臣の声まで妙に上擦っているのも、無理はない。

その画像というのは、写真……しかも、楢崎と美卯が頬を寄せ、画面いっぱいに笑顔で映っているなんとも仲睦《なかむつ》まじいスナップショットなのである。

「マジでなんですか……これ」

重ねて狼狽《ろうばい》した声で問いかける篤臣に、美卯は陰鬱な表情と声でぶっきらぼうに答えた。

「自撮り」

「いや、そりゃわかってますけど」

「偽装カップルでいるなら、証拠写真の二枚や三枚は必要だって、楢崎君が」

「……証拠写真」

「つまり、ラブラブな写真でもないと、説得力が薄いだろうって。この手のやつを、何枚か撮ったの」

「ああ……なる、ほど」

ようやく事態が飲み込めるなり、ジワジワとこみ上げてきた笑いを必死で喉の奥へ押し戻し、篤臣は変な感じで息を詰めながら言葉を返した。

何しろ、楢崎が実にプロフェッショナルかつスマートな笑顔を作っているのに対し、美卯はギクシャクと音がしそうな、どうにも不自然に引きつった笑い方をして、楢崎と見るからにヤケクソの勢いで片頬をくっつけ合っているのである。

(撮影するところを、見たかったような、見たくないような……)

おそらく撮影場所は病院か、法医学教室のどこかの部屋なのだろうが、何しろ画面いっぱいに二つの顔が並んでいるので、背景など欠片も映る余地がない。

事情を知っている篤臣には笑うしかない不自然な代物だが、一応、何も知らないミドリには、仲良しカップルのラブラブ写真に見えた……かもしれない。いや、きっと見えたに違いない。

「でも、この写真がどうして美卯さんの憂鬱のタネなんです？　割り切って、偽装カップルをやることに決めたんでしょう？　だったら別に……」

そんな素朴な篤臣の質問を途中で断ち切って、美卯はボソリと言った。

「母が喜んだのよ」

「……へ？」

「楢崎君とのこと、少しくらいはのろけないと真実味がないでしょ？　せっかく撮った写真だし、母に見せたの。そしたら、信じられないくらい喜んで、涙ぐんだりして。よかった、あんな立派なお医者様が、あんたを気に入ってくれるなんて奇跡よって何度も繰り返して泣き笑いしてた。大袈裟だって言っても、しばらく落ち着かなかったわ」

「……ああ……」

ミドリの笑顔を思い出し、その光景を想像して、篤臣は自分もちょっと痛そうな顔になる。

美卯は画像を閉じ、スマホを持ったまま項垂《うなだ》れた。

「わかってるの。この写真のおかげで楢崎君への信頼が増して、宣告も治療方針の説明もスムーズにいったんだろうってことは。楢崎君にも凄く感謝してる。それは本当なのよ。だけど……母のためとはいえ、騙してるのが心苦しくて落ち込んじゃうのよ」

「それはわかりますけど、今さら……」

「そうよね。始めらゃった以上、母が元気になるまで、この偽装カップルのお芝居は続けなきゃ。割り切ってたつもりだったのよ。でも、予想以上にこたえるわ、親を騙すって」

「ですよね……。でも、美卯さんは偉いですよ。俺、自分の母親を騙せる気がしませんもん。なんでも見透かされてる気がして」

三日前、会ったばかりの世津子のことを思い出し、篤臣は実感の籠《こ》もった言葉を口にする。

すると美卯は、迷いを振り切るように大きく首を振り、無理に口角を上げて明るい声を出した。

「……ありがと。ごめんね、弱音吐いたりして。お昼、これからでしょ？　私もよ。寒いから、お蕎麦《そば》屋さんににゅうめんでも食べに行こうか」

そんな美卯らしい空元気を無駄にしないためにも、篤臣も内心、母と娘の微妙な関係を案じながらも、「そうですね」と笑って同意したのだった……。

五章　それぞれの行く年くる年

十二月に入り、美卯の母親ミドリの胃癌の手術の日が決まった。

執刀医は消化器外科の小田教授、そして楢崎と共に主治医として治療に当たっている江南は、第一助手として手術に参加することになった。

アメリカ留学から戻って以来、小田教授の手術にはほぼすべて入り、助手を務めてきた江南だが、これまでの役割は補助的な作業をする第二助手だった。

患者を挟んで小田と向かい合って立ち、手術の中で彼に次ぐ大きな役割を果たす第一助手に抜擢されるのは初めてのことである。

外科の中でも、教授執刀時の第一助手はベテランが務める慣習らしく、まだ助手の江南は、小田の信頼を得て大抜擢されたということらしい。

そんなわけで、江南の気合いの入りようもただごとではなく、手術の日が近づくにつれ、彼にしては珍しく、自宅にいるときでもいささか緊張している気配が感じられた。

そんな江南の緊張が自然に伝染しているのか、あるいは一緒に仕事をしている美卯が、さすがに心配で落ち着きをなくしているのが影響しているのか、部外者であるはずの篤臣まで、どうにも心がざわつく日々を送っていた。

そして、いよいよ手術前日。

夕方、篤臣は実験の待ち時間を利用して、ミドリの病室へと向かっていた。

これまでも篤臣は、ほぼ毎日、たとえほんの短時間でもミドリのもとへ足を運んできた。別に美卯にそうしてほしいと頼まれたわけではない。むしろ、美卯はいつも申し訳なさそうに、「無理しなくていい」と言い続けていたが、篤臣自身がそうしたいと思ったのだ。

先月、思いがけず自分と江南の母親に会ったときの二人の言葉が、今も篤臣の胸に残っている。

母親にとっては、子供はいくつになっても子供で、心配なものなのだと。

自分の病気に不安を抱えていながら、それでもなお美卯を案じ続けているミドリの心を、篤臣は自分の母親と同じものだと感じていた。

だからこそ、ミドリが「話しやすい」と言ってくれた自分が彼女の不安や愚痴を聞くことで、大きな手術を控えた彼女の気持ちを軽くしてやれたら……と思ったのである。

実際、ミドリが打ち明ける手術や治療への不安を、篤臣はメッセンジャーとして、主治医である楢崎や江南に伝えた。そして、彼らから丁寧な説明を受けることで、ミドリも少しずつ手術への覚悟ができてきたようだった。

今日はただ一言、安心して明日の手術を迎えてくださいと言うつもりで、篤臣はミドリの病室の前まで来た。

ここしばらくそうであったように、ミドリの個室の扉は半開きになっていた。どうやら同じ病棟で友達ができたらしく、彼らが出入りしやすいようにという配慮なのである。

それでも、開いた扉を一応ノックしようとした篤臣は、鼓膜を震わせた声にハッと動きを止めた。

ベッドの手前に引かれたベージュ色のカーテンの向こうから、ミドリと楢崎の声が聞こえてきたのだ。

(しまった……)

立ち聞きするつもりなど毛頭ない篤臣は、ここは出直すべきだと、一度は上げた手を下ろし、病室を出ようとした。

しかし……。

『ごめんなさいね、変な苦労をさせてしまって』

そんなミドリの声に、篤臣の足は半歩後ずさったところで止まってしまう。

(変な苦労って、まさか)

『いえ……。俺もまだまだ修行が足りなかったということでしょう』

『いいえ、先生は完璧《かんぺき》でしたよ。それはそうと、明日の手術は外科の先生だけど、手術が終わったら、また楢崎先生のお世話にもなれるんでしょう？』

『ええ、もちろん。大事な患者さんですから、可及的速やかに外科から返していただきますよ。なんにせよ小田先生は名医ですから、明日は大船に乗ったつもりで、手術に臨んでください』

『はい。ありがとうございます。ホントに、いろんな意味で』

『では、俺はこれで。今夜はゆっくり休んでください』

（あ、楢崎が出てきちまう）

結果的に立ち聞きしてしまった篤臣は大いに慌てたが、時すでに遅しである。カーテンを軽く押しのけるようにして出てきた楢崎は、篤臣の姿に気づいてほんの少し眉を上げたが、すぐに人差し指を自分の唇に当てた。視線で、黙って外に出ろと促す。

篤臣は気まずい思いをしながらも、素直に楢崎の指示に従い、抜き足差し足で病室を出た。

楢崎は、そのままズカズカと病棟の廊下を歩いていく。後ろを振り返ることはないが、篤臣がついてきていることを確信している様子だった。

実際、楢崎が防火扉を開け、非常階段を半階分下りた踊り場で足を止めると、そこには途方に暮れた顔の篤臣も立っていた。

「おい、いつから立ち聞きなんて趣味の悪いことを覚えた？」

開口一番、皮肉満点の台詞を楢崎に吐かれて、篤臣は神妙な顔で謝った。

「ごめん！　そんなつもりはなかったんだけど、気になっちまってさ。……今の会話、もしかして」

「ばれていた。言うまでもないが、偽装恋人の件だ」

腕組みした楢崎は、渋い顔で言い放った。非常階段スペースは否応なく吹き抜けになっているので、音がやけに反響する。楢崎の声は、囁きに毛が生えた程度のボリュームだった。

篤臣も、声を潜め、楢崎に近づいて言葉を返す。

「バレてたって、なんで？　偽装写真まで撮ってたじゃん。ラブラブなやつ。美卯さんが、ホントのこと打ち明けたのか？」

楢崎は、小さくかぶりを振る。

「いや、そういうわけではなさそうだ。むしろ中森先生には、退院まで騙されているふりを続けるつもりだから、俺にもこのまま偽装につき合ってくれと頼まれた」

「そうなのか。じゃあ、どうして気づいたんだろ。けっこう、お母さんの前では、お前たち仲良くしてたよな。凄く恋人っぽいって、俺や江南は感心してたんだけど」

「当たり前だ。実際、数回はデートも試みたしな。無論、健全なやつだが」

「えっ、マジ!?　そこまで？」

「中森先生は、女性として魅力的かというとまた別の話だが、一緒に過ごすのになんの問題もない人だ。お互いこれも芝居のうちと割り切って、映画を見たり、お茶を飲んだり、食事をしたり、それなりに楽しく過ごしたさ。帰りに、土産話を持ってお母さんを見舞ったりもした」

平然と語る楢崎を、篤臣はただひたすら驚きの目で見ている。楢崎は、少し決まり悪そうに、そんな篤臣のビックリ顔を見返した。

「そんなに驚くことでもあるまい。かりそめの恋人を引き受けたからには、その間はベストを尽くすのは当然だろう?」

「……なんていうかお前、そういうとこ、わりに真面目だよな」

「俺はすべてにおいて真面目だが」

いかにも心外そうに楢崎は眉を上げる。

「ああ悪い、そういう意味じゃなく、なんでも飄々《ひょうひょう》と容易《たやす》くこなしてるように見えて、意外と地道な努力とか根回しとか、するほうなんだなって」

「まあな。だがそういう姿は、他人に無闇《むやみ》に見せるものではあるまい」

楢崎は、渋い顔で言い放った。思いがけないことで楢崎の隠された意地のようなものを見て、篤臣は少し感動しながらも首を捻った。

「でも、そこまでしてるのに、どうしてわかっちゃったんだろ。俺も江南も、余計なことは言ってないぞ？」

「そんなことはわかっている。俺も理由を聞いたが、なんでも『母親の勘』だそうだ」

楢崎が冷ややかに口にした「母親の勘」という言葉に、篤臣は思わず「へえ？」と間の抜けた声を出した。

楢崎は、そんな篤臣を幾分煩わしそうに見やる。

「昨日今日気づいたというわけじゃなさそうだった。オペの前日に動揺させてしまったのならまずいと思ったんだが、少なくとも俺の前ではそういうことはなかった。……しかし、いつもお前が言うように、主治医の前では平静を装っているのかもしれん。お前が行って、話してみてくれ」

「それはいいけど、じゃあ、美卯さんには、お母さんに嘘がバレてるって、秘密にすんのか？」

「それが患者の望みなら、主治医としては応えるまでだ」

「……騙す相手が、いきなりあべこべになっちまったんだな」

「そういうことだ。なかなか複雑だが、仕方があるまい。お前ももうしばらくつき合ってくれよ」

「ちょっと混乱するけど、とにかく一度、美卯さんのお母さんに会ってくるよ。もしかしたら、俺か江南のせいでバレちゃったのかもしれないし、気になる」

「そうだな。まあ、よろしく頼む。江南のためにも、明日、穏やかな気持ちで手術を受けられるようにしてやらないとな」

「んー、わかった。とにかく、お疲れ」

「ああ。では、また」

そのまま医局のある階まで階段で行くことにしたらしく、楢崎は軽い足取りで階段を下りていく。

(母親の勘、かあ。やっぱ侮れないよな、母親って)

若干の恐ろしさを感じつつも、篤臣は半階分上り、病棟に戻った。今度こそ開けっ放しの引き戸をノックして、ミドリの病室に入る。

「あら、永福先生。とうとう手術前日までずーっと来てくださって。ありがとうございます」

ミドリは嬉しそうに、急に改まって頭を下げる。

「いえ、そんな。明日、頑張ってくださいとだけお伝えしたくて」

篤臣がそう言うと、ベッドの頭を軽く起こしたミドリは、さっきまで楢崎が座っていたのであろうパイプ椅子を勧めた。篤臣は、素直に椅子に腰を下ろす。

「体調、如何ですか?」

「ええ、ありがとう。手術前にコンディションをよくしましょうって、楢崎先生が頑張ってくださったから。胃の痛みもわりにおさまって、ホントに手術しなくちゃ駄目なのかしらって思うくらい調子がいいのよ。……もちろん、冗談だけど」

「それはよかったです」

「うちの我が儘娘の手綱を取れるだけあって、楢崎先生、腕のいいお医者さんよね」

それを聞いて、篤臣は酢でも飲まされたような顔になった。数秒、無言で逡巡《しゅんじゅん》してから、躊躇いがちに切り出す。

「そのこと……なんですけど」

「何？」

篤臣が急に改まって切り出したので、ミドリは不思議そうに篤臣の顔を見た。篤臣は、ミドリに向かってペコリと頭を下げた。

「すみません。さっき、ここに入ってこようとして、つい、小耳に挟んじゃって……。美卯さんと楢崎のこと、知ってたのに嘘の芝居につき合ってて、すみませんでした」

するど、ミドリは羽織っているカーディガンの襟を引き寄せながら、穏やかに笑ってかぶりを振った。

「やだ、そんなことはいいのよ。かえってごめんなさいねえ、無理させて」

「いえ、だけどあの、どうしてわかっちゃったんですか？　さっき、楢崎のせいじゃないっておっしゃってたみたいですけど、だったら、俺か江南が……？」

「まさか。三人の先生方は、完璧だったわ。それによその子には、母親の勘は働きようがないでしょう？　美卯よ」

「美卯さん？」

ミドリは可笑しそうに片手を口元に当てて思い出し笑いをした。

「だって、美卯が楢崎先生と一緒にここに来るとき、先生はあんなに楽しそうに話してくださるのに、美卯ときたらいつも、酸欠の金魚みたいにアップアップな顔で相づちを打ってるんだもの。笑顔もぎこちなくて、もう。必死で話を合わせてるのが、ミエミエだったわ」

「……ああ……。いつもの美卯さんを知っていると、よく頑張ってるって思ってたんですけど……そうか、美卯さんを誰よりもよくご存じだから、余計にわかっちゃいますよね」

篤臣は、思わずこめかみに片手を当てた。

「そういうこと。でもねえ、嬉しかったわ」

「えっ？　恋人は偽物だったのに、嬉しかった……ですか？　美卯さんに恋人がいないことを心配なさってたのに？」

訝しげな篤臣に、ミドリは晴れ晴れした表情で頷いた。

「確かに、楢崎先生が美卯の本当の恋人じゃなくて残念だけど、でもあんなに素敵な方が、美卯のために一肌脱ごうと思ってくださったんだもの。ありがたいわ。それにあなたも江南先生も。美卯が職場でこんなに大事にされているって知って、とても嬉しい」

「あ……それはだって、美卯さんは凄くいい人です。俺、実の姉みたいに思ってますし、凄く尊敬してます」

「……それ、最高に行き遅れる女の評価だけど」

「うっ」

「でも、嬉しいわ。人間として、法医学のお医者さんとして、評価してもらえる大人に育ってくれた、それで十分。病気のせいで取り乱して変な心配をしちゃったけど、この分だとあの子、独り身でもちゃんと生きていけそうね……明日、私に万が一のことがあっても」

まだほんの少し不安げにそんなことを言うミドリに、篤臣は笑って言葉を返した。

「美卯さんは大丈夫ですし、お母さんも大丈夫ですよ。小田先生と江南が、万全の体制で準備してますから」

「そうね。こんなに寄って集ってサポートしてもらえる贅沢な患者いないのに、不安がっちゃ申し訳ないわね。それに、アレでしょ？　永福先生のいい人って、江南先生でしょ？」

「えっ⁉」

いきなりの指摘に、篤臣は病室であることを忘れ、思わず驚きの声を上げてしまう。

「な、なんで……。まさか、江南が⁉」

「いいえ、何も。でも、わかるわよ」

「ですけどたった今、母親の勘は、実の娘にしか働かないって」

見るからにオタオタする篤臣を面白そうに見やり、ミドリは平然と言い放った。

「馬鹿ねえ。これは母親の勘じゃなくて、女の観察眼よ。そんなに珍しいデザインの指輪がお揃いだったら、どんな女だって気づくでしょうに」

そう言われ、篤臣がハッと見下ろした先……左手の薬指には、江南こだわりの銀の結婚指輪が鈍い輝きを放っている。江南もどうやら、指輪を嵌《は》めたまま仕事をしているらしい。

確かに、つや消しのゴツゴツしたデザインは、結婚指輪としてはかなり異質な感じなので、偶然の類似とはとても思えない代物だ。

「あ……そ、そっか。すみません、黙ってて。そういうの、嫌かもしれないと思ったので」

「どうして？　今どき、男性どうしってのも珍しくもないでしょう。男前だし笑顔が素敵だし、かっこいい先生じゃないの」

「それは、はい！　あ、あああ……あの、すみません」

「のろけられちゃった」

「重ね重ね、すみません」

慌てまくる篤臣に、ミドリは可笑しそうに笑ったあと、しみじみとこう言った。

「いいのよ。私、関西弁ってなんだかガサツな感じがして好きじゃなかったんだけど、江南先生にはよく似合ってるわね。ガサツじゃなくて、温かくて頼もしい感じがするわ」

「……ありがとうございます」

自分が褒められているように嬉しくて、篤臣は笑顔で頭を下げる。ミドリは、そんな篤臣を見てこう言った。

「永福先生が選んだ人なら、腕もお人柄も確かね。手術が、ますます安心になったわ。あと美卯のことは……母親を騙すなんて十年早いって退院のときにやりこめてやりたいから、もうしばらく、お芝居につき合ってやってね」

「……はい！」

母親の底知れぬ優しさとしたたかさを同時に痛感しつつ、篤臣は両手を腿《もも》に置き、神妙な面持ちで頷いた……。

*

*

大晦日《おおみそか》の夜、篤臣は自宅で江南の帰りを待っていた。

美卯の母親の入院・手術という非常事態が生じたため、この年末年始に司法解剖が入った場合、篤臣は城北教授と二人だけで対処しなくてはならなくなった。

そのせいでハワイ旅行は霞《かすみ》と消えたが、せめて二人で一緒に年を越そう。夜、あまり遅くならないうちに帰る……と言い残し、今朝、江南は仕事に出掛けた。

一般的に、盆や正月は患者が自宅で過ごしたがるので、外泊が可能な入院患者の多くは一時帰宅が許可される。

　自然と入院患者の数は減るし、緊急性のない手術もその時期を避けて予定するので、さすがの消化器外科もいつもよりは暇になるというわけだ。

　ワーカホリックな江南も、今夜は早々に帰宅するだろう。

　そう考えて、すでに一昨日から冬休みに入っている篤臣は、朝から大掃除の仕上げをし、ピカピカに磨き上げた台所で簡単なおせち料理を作っていた。

　江南も篤臣も、別におせち料理の大ファンというわけではない。だが、何もないのは寂しいので、二人ともが好きな筑前煮と黒豆と田作り、栗きんとんと鴨《かも》ロースとブリの照り焼きくらいは作ることにしている。

　実に略式のおせちだ。しかも、大晦日から年を跨《また》いでダラダラ食べ始めてしまうので、元旦に改まって食べるといえば、雑煮《ぞうに》くらいである。

　雑煮は、元旦は江南の実家風の白味噌仕立て、翌朝は篤臣の実家風の小松菜と鶏肉《とりにく》だけのすまし仕立てと決まっているので、出汁だけはたっぷり大晦日のうちにとっておく。

　そんな作業をしていると、不意にインターホンが鳴った。

　篤臣は茹《ゆ》でた三つ葉を二本ずつまとめて結ぶ手を止め、首を傾げた。

「ん？　誰だろ」

　宅配業者や訪問者は、まずエントランスホールの外から各訪問先に連絡し、ロックを解除してもらう手続きになっている。だが、今鳴っているのは、玄関のインターホンだ。江南が帰ってきたのなら、インターホンなど鳴らさずとも、鍵を開けてさっさと入ってくるだろう。

（江南の奴、また鍵を医局に忘れてきたのかな。病院だって最近じゃ物騒だから、気をつけろって言ってるのに）

不思議に思いつつ、篤臣は手を洗ってリビングへ行った。

小さなモニターに映っているのは江南ではなく、スーツ姿の楢崎だった。時間的に、おそらく病院帰りだろう。手には、やけに大きな紙袋を提げている。

篤臣は驚きつつも大急ぎで玄関へ行き、扉を開けた。

「楢崎？　どうしたんだ？」

訝しげに問いかける篤臣に、楢崎はいつものぶっきらぼうスレスレのクールな口調で、

「ちょっと邪魔していいか」と言った。

「い、いいけど」

不審に思いつつも、断る道理はない。篤臣が承諾すると、楢崎はにこりともせず靴を脱いだ。

とりあえずリビングに通し、ソファーでお茶を出して、篤臣はなんとも落ち着かない気分で楢崎の向かいに腰を下ろした。

「それで、どうしたんだ？　いきなりうちに来るなんて。江南はまだ帰ってないんだけど」

篤臣が水を向けると、楢崎は「知っている」と冷淡に言い返してから、背筋を伸ばしていきなり篤臣に頭を下げた。

「まことに申し訳ない」

「えっ？　ちょ、な、何、なんだよ！　やめろよそういうの！」

「やめろと言うならやめるが、まずは謝罪をと思ってだな」

そう言いながら、楢崎はゆっくりと頭を上げ、篤臣を見た。篤臣は、これ以上ないというらい困惑した顔で、楢崎の整った顔を見返す。

「謝罪って……何に対してだ？　俺、お前に謝ってもらうようなことをされた覚えがないんだけど」

「お前にというより、お前の旦那にだ」

「江南？　江南と何かあったのか？　まさか、ケンカ？」

「馬鹿な。子供じゃあるまいし。そうではなく、今夜、江南と自宅でのんびり過ごす予定だったんだろう？　中森女史の母親の件で、予定していたハワイ旅行に行けなくなった代わりに、自宅でゆっくり年越しをと」

プライベートなことを、まるで周知の事実のようにハキハキと語られ、篤臣は顔を赤くして狼狽えた。

「な、なんでお前がそんなこと知ってるんだよっ」

「江南に訊いた。実は、消化器内科の患者がひとり、大量吐血してな。緊急手術になったんだ。で、小田先生と江南と大西が手術を担当してくれることになった。まだ終わっていないはずだ」

「……あ……」

「その後も、すぐに帰宅するってわけにはいかんだろう。俺の担当じゃないんだが、消化器内科の入院患者だ。申し訳ないと思ってる」

ようやく話が飲み込めた篤臣は、「何言ってんだよ」と苦笑いを浮かべた。

「仕方ないよ。江南だって、納得ずくだろ？　それが仕事なんだし、謝ってもらうようなことじゃない」

「そう言ってもらえると助かる。何しろ急ぎだったから、お前にきちんと連絡する暇が江南になくてな。俺が頼まれて、代わりに来た」

「わざわざ、それを言うためだけに？」

キョトンとする篤臣に、楢崎はいつもの気取ったすまし顔で頷いた。

「どのみち同じマンションに住んでるんだから、ついでのことだ。俺はつつがなく帰宅できたんでな」

「そりゃ、かえって悪かったな。いいよ、うちはお互い、予定をドタキャンするのもされるのも慣れてるんだ。気にしないでくれ」

逆に篤臣に慰めるような口調で言われ、楢崎は小さく肩を竦めてから、話を続けた。

「あと、江南から預かったものがある。これぱかりは明日まで置いておけないから、お前に渡してくれとのことだった」

「え？」

楢崎は、提げてきた紙袋の中から、小さな花束を取り出した。立ち上がって、それを恭しく篤臣に両手で差し出す。

「代理ですまんが、受け取ってやってくれ」

「えっ？　ええっ？」

「帰ったらお前に渡すつもりで、用意していたらしい。今年も一年ありがとうという気持ちを込めたそうだ」

「そんな……あいつ、これまで一度もこんなことしなかったのに」

「今年初めてだったのか。まあ、中森先生のことで、あれこれ気を揉んだお前を労《いたわ》る気持ちもあったんじゃないか？……ほら」

「あ、ああ」

促されて、篤臣はおずおずと立ち上がり、花束をやはり両手でぎこちなく受け取った。

おそらく、病院の前の花屋で調達したものだろう。いわゆるビタミンカラーのガーベラを中心に、鮮やかな緑の葉ものや小さなブルー系の小花を取り合わせた花束は、とても可愛らしい。

「ったく、あいつは柄にもないことして。どんな顔して、こんな花束買ったんだよ」

照れて素直に喜べない篤臣を見て、楢崎は気障に笑った。

「いいじゃないか。江南のセンスか花屋のセンスか知らんが、なかなかいい花束だ。よし、確かに渡したからな。用事が終わったから、俺は帰る」

そう言うと、楢崎はコートに手を伸ばそうとした。篤臣は花束を持ったまま、そんな楢崎を慌てて引き留めた。

「ちょっと待て。お前、これからどうするんだ？」

楢崎は訝しげに眉をひそめる。

「決まっているだろう。自分の部屋に戻るさ」

「飯は？　つか、一緒に過ごす人とか、いんのか？　余計なお世話だけど」

「別に、予定も、家で待っている人間もいない。飯は……家にレトルトか冷凍食品が何かあったろうから、それで適当に済ませるさ」

「食ってけ！」

あまりにも食に興味の薄い楢崎の一言に、篤臣は思わず大きな声を上げていた。

「……は？」

「飯！　うちで食ってけよ。すぐできるから」

楢崎は、ちょっと呆気にとられたような顔で篤臣を見た。

「……どうしてだ？」

篤臣は、眦《まなじり》をキリリと吊り上げて応じる。

「こんな使いっ走りみたいなことをさせちまって、しかもちゃんとした飯が家にないって聞いて、このまま帰せるかよ！　大晦日だぞ？　せめて晩飯で礼をさせてくれよ」

「いや……俺は別に、凄まじく空腹なわけではないし、大晦日だろうが、別にいつもと変わらな……」

「うるさい。つべこべ言わずに、とにかくあっちのテーブルに着け。すぐ支度するから！」

お礼にしてはやけに高圧的に言い放つと、篤臣はドカドカとキッチンへ入っていってしまう。バタンバタンと凄い勢いで冷蔵庫を開閉する音が聞こえて、魂を抜かれたような珍しい間抜け面をしていた楢崎は、ふっと笑った。

「あいつに、あんな剣幕で叱りつけられたのは初めてだな。あいつにとっては、晩飯をきちんと食わないというのが、それほどまでの許されざる罪なのか……。参ったな」

そうぼやきながらも、篤臣の手料理には興味があるのだろう。楢崎は、重ねて帰るとは主張しなかった。

その代わりキッチンに向かって「では、コンビニでチューハイでも買って、自宅で着替えてから戻ってくる」と声をかけ、楢崎はどこか楽しげに出掛けていったのだった。

「お待たせ！」

三十分後、弾んだ声と共に篤臣が楢崎と自分の前に一つずつ置いたのは、小さな蓋つきの土鍋だった。

買ってきた柚子《ゆず》のきいたチューハイをちびちび飲みながら待っていた楢崎は、意表を突かれて目を瞬いた。

「おい、こんな店みたいな小鍋まで家に備えているのか」

「普通にあるよ。そろそろいいかな。じゃーん」

効果音つきで、篤臣は布巾《ふきん》で熱さを防ぎながら、土鍋の蓋を無造作に取る。楢崎は、ますます驚いた顔になった。

もうもうと上がる湯気越しに見えたのは、立派な鍋焼きうどんだった。さすがに海老の天ぷらはないが、それでもうどんの上には、たっぷりのネギ、カマボコ、鶏肉、椎茸《しいたけ》、エノキダケ、ほうれん草、それに卵と小さな切り餅《もち》まで載っている。

「これはまた……店で出てくるのと変わらない鍋焼きうどんじゃないか。こんなもの、家で、しかもこんな短時間で作れるんだな」

感心しきりの楢崎と差し向かいに座って、篤臣はちょっと照れ顔で説明した。

「全部、正月用のご馳走の流用だからな」

「ふむ?」

「出汁と餅と鶏肉は雑煮用、かまぼこはおせち用、あとは正月に必ずすき焼きをするから、それの野菜を少し使ったんだ。うどんは冷凍だよ」

「なるほど」

「さ、食ってくれよ。俺もお相伴しよう。いただきます!」

「いただきます」

そう言って行儀よく目礼したものの、楢崎はすぐに箸を取ろうとはせず、七味を少し振り入れたきり、あとはただジッと鍋焼きうどんを見下ろしている。

盛大に立ち上る湯気に眼鏡《めがね》を曇らせ、外したそれをハンカチで拭いている彼にうどんを三口ほど啜ったところで気づき、篤臣は眉根を寄せた。

「どうした? 何か、食えない食材とか入ってたか? それとも、うどんが好きじゃなかったとか?」

眼鏡をかけ直した楢崎は、心配顔の篤臣の顔を見て、酷く気まずそうに口ごもった。

「ああいや、そういうわけでは……」

「じゃあ食えよ。うどん、のびちまうぞ」

だが楢崎は、難しい顔でかぶりを振った。

「いや……無理だ、と、思う。今は」

「は？　今は？　どういうことだよ」

「……つまり」

「つまり？」

追及されてなお口をモゴモゴさせた楢崎は、ふいと視線を逸《そ》らしてボソリと白状した。

「俺は、猫舌なんだ」

「えっ⁉」

どこもかしこもクールな楢崎に似合わないにも程がある「猫舌」という単語に、篤臣は子猫のように目を丸くする。楢崎は目元をうっすら染め、明後日《あさって》の方向を見たままこうつけ加えた。

「ゆえに、すぐに食えというなら取り分け用の椀が必要だ」

「あー……うん、わかった。すぐ出すよ」

篤臣はあからさまに笑いを噛み殺している顔で立ち上がると、キッチンでどうにか爆笑発作を抑制することに成功したのか、小ぶりの煮物椀を持って戻ってきた。

「これ、使ってくれよ。懐かしいな。幼稚園の頃、親に連れられてうどん屋とか蕎麦屋に行くと、プラスチックの茶碗に母親が取り分けてくれて、それでもまだまだふうふうして食べたっけ」

「……うむ」

まだ恥ずかしそうにしながらも、楢崎は椀にうどんをすくい入れた。なおしばらく待ってから、実に慎重に二本だけ啜って頷く。

「旨い。味のほうも、専門店はだしだ」

篤臣は、子供のようにおっかなびっくり、しかし本当に旨そうに熱々の鍋焼きうどんを食べる楢崎を嬉しそうに見ながら、自分もよくのびる餅を頬張った。

「よかった。お前、生活感のあるものを嫌ってそうだけど、飯はちゃんと食ったほうがいいぞ。今は平気でも、絶対後でツケを払う羽目になるんだから。江南もひとりの頃はずいぶん不摂生してたみたいだけど、今はずいぶん、食べるものに気をつけてくれるようになった」

土鍋から椀、椀からの吹き冷まし……で着実に鍋焼きうどんを平らげながら、楢崎は気まずそうに苦笑いした。

「短い期間に、それを言われるのは二度目だ」

「二度目？　一度目は誰だ？」

「中森先生のお母さんに」

楢崎はボソリとそう言い、うどんに七味を少しだけ追加する。好きなものは最後に取っておく主義なのか、白身だけを食べて見事に残した黄味の上に、赤い七味がパラパラと散らばった。

それを見るともなしに見ながら、篤臣は少し懐かしそうに微笑んだ。

「美卯さんのお母さん、今頃家で楽しく過ごしてるんだろうな」

「だろうな。賑やかな人だから」

こちらはニコリともせず、楢崎は受け答えをする。

美卯の母親ミドリは、術後の経過がすこぶるよく、本人が切望していたとおり、年末ギリギリになったが退院することができた。

とはいえ、まだ全快とは言いがたい状態なので、自宅で極力安静に過ごすこと、という条件つきの退院である。

当然ながら、この年末年始は、母親の監視と看護を兼ねて美卯が実家に戻り、やはり単身赴任先から戻ってきた父親と共に、久しぶりに家族水入らずの年末年始を過ごす予定らしい。

「それにしても、思い出すなあ」

突然笑い出した篤臣に、楢崎は軽く眉をひそめる。

「何をだ?」

「退院前日、偽装恋人がずっと前にバレてて、それを知らないのが自分だけだって知ったときの美卯さんの、大パニックからの号泣」

「……ああ」

楢崎も整った顔を微妙に崩し、なんとも複雑な笑みを浮かべる。

た美卯は、文字どおりの百面相を見せた。

　そして、ミドリが騙されたことに腹を立てるのではなく、娘の美卯のため力を貸してくれる友人がいたことに感謝し、喜んでいると知って、病室で大泣きした。

　そんな美卯を見てミドリも泣き出し、情に篤い江南までもらい泣きするという謎の事態が発生するに至り、篤臣と楢崎は二人でオロオロする羽目になったのである。

　そのときの、どこか滑稽《こっけい》な、でも温かな空気を思い出すと、二人の頬は自然と緩む。

「つくづく、母親というのは恐ろしい生き物だと思ったよ」

　楢崎のそんな言葉に、篤臣は小首を傾げる。

「恐ろしい？」

　楢崎は、最後に残し、半熟に火が通った卵の黄身をれんげに載せて一口で頬張ってから、静かにこう言った。

「どこまで行っても、自分のことより子供のことを案じる。男にはできない芸当だよ。俺はわけあって実家とは疎遠なんだが、今度のことがあって、思わず実家の母に花を贈った」

「花を？　お母さん、ビックリしてたんじゃないか？　でも、喜んだろ」

　楢崎は、幾分照れくさそうに肩を竦める。

「いったい何事かと、慌てた電話がかかってきた。ただ思いついてのプレゼントだと言ったら、受話器の向こうで泣いていたよ。家を出るまで二十年近く育ててくれた人が、花ひとつで喜んで泣くんだからな。こっちが狼狽える」

「でも、そういうもんなんだろうな、母親って」

「おそらくは。……もう少し、気にかけようと思った」

「俺もだ。ひとり暮らしなんだから、もっと母親と連絡取るようにしなきゃな。俺、ちょっとここ数年は、江南で手一杯すぎた。頭の中、九割九分あいつだもんな」

「………熱ッ」

あまりにも大真面目かつ無意識にのろける篤臣に、楢崎は手に取ろうとした湯呑みを倒しかけ、こぼれた熱いほうじ茶に悲鳴を上げたのだった……。


楢崎が帰って洗い物を済ませた篤臣は、リビングのソファーに腰を下ろし、ふうっと息を吐いた。

点けっ放しのテレビでは、代わる代わる現れるアーティストたちが歌い続けていて、時刻はそろそろ午後九時半になる。

暖かな部屋で、腹もくちくて、このままひとり静かに年を越すのも悪くない。

毛布にくるまって眠りに落ちてしまえば、目覚めたときにはきっと元旦だ。それはそれで、心地のよい新年の迎え方ではないだろうか。

そんな怠惰な気分になったのはほんの数秒のことで、篤臣はすっくと立ち上がった。

キッチンに行くと、戸棚から密封容器を出し、さっき作ったおせち料理をテキパキと詰め込み始める。

それらを紙袋におさめると、次に篤臣は寝室へ行き、タートルネックのシャツとカーゴパンツに着替えた。愛用のダッフルコートを着込み、スヌードを二重巻きにすれば準備完了である。

重い紙袋を提げ、電車に乗り込んで篤臣が向かった先は、言うまでもなくK医大だった。

もう面会時間が終了している上、入院患者が普段より少ない病院棟は、通路やロビーの照明も六割程度に落とし、薄暗く静まり返っている。

(江南、どうしてるかな)

篤臣は、あえて連絡をしないまま消化器外科の医局に向かった。

江南の入っている緊急手術が何時に終わるかわからなかったし、患者のことで頭がいっぱいであろう江南の邪魔をしたくもなかったからだ。

自分だけが快適に年越しをするのが嫌で、せめて江南の顔を見て、おせち料理を食べさせてやりたい一心だったが、万が一、まだ手術が終わっていないときは、江南の机に料理を置いて帰ろうと、保冷剤も持ってきている。

だが、そんな準備は、どうやら不要なようだった。

エレベーターを降りたところで出くわしたのは、小田教授だったのである。

小柄な身体をややオーバーサイズのトレンチコートに包んだ小田は、篤臣の顔を見るなりクシャッと人懐っこい笑顔になった。

「や、永福先生。すまないね、大晦日だってのに、大事なパートナーを拘束してしまって」

「あ、いえ。お疲れ様でした。手術はもう？」

「うん、さっき終わったよ」

篤臣が問うと、小田は笑顔のままで頷いた。どうやら手術は、上首尾で終了したらしい。

「じゃあ、あの……」

具体的に言わなくても、篤臣の知りたいことはお見通しなのだろう。小田は最後まで言わせずにあっさり答えた。

「いったん医局に引き上げてきてるよ。君が行くと喜ぶだろうね。その顔を見たい気がするけど、野暮はせずに先に失礼するよ。妻が趣味で蕎麦打ちをするものでね。お手製の蕎麦を年越しに食べる約束なんだ。……じゃ、よいお年を」

そんな言葉を残し、小田は再び上がってきたエレベーターに乗り込んで去っていく。

篤臣はそれを見送り、医局へ向かった。江南がいると聞いて、リノリウムを踏みしめる足が自然と軽くなる。

医局の扉は、開けっ放しになっていた。

広い室内に蛍光灯が明々と点いており、右手には医局員の机がズラリと並ぶ空間がある。だが今は、そこに人影はない。

奥へ進むと、事務用の大きなテーブルや椅子を並べた休憩用、あるいはちょっとした会議・面接用のスペースがあり、ケーシー姿の江南が、そこにいた。

ただし、江南はひとりではなかった。彼と共に椅子にかけて休憩していたのは、ＬＬサイズのケーシーを窮屈そうに着込んだ大西だった。

「篤臣?」

意外な訪問者に、だらしなく椅子に座ってコーヒーを飲んでいた江南は、弾かれたように立ち上がる。

「よう、久しぶりだな」

大西も、座ったままで篤臣に片手を上げる。

「二人ともお疲れ。大晦日だってのに、大変だったな」

篤臣はそう言いながら、テーブルの上に持ってきた紙袋を置いた。江南は机を回り込んでやってきて、篤臣の前に立つ。

「どないしたんや? 何かあったんか?」

篤臣は、笑ってかぶりを振った。

「何もないよ。楢崎から話を聞いて、きっとまだしばらく帰れないんだろうと思ってさ。せめて、おせちでも摘まんでもらおうと思って持ってきたんだ。あと、おにぎりも。よかったら、大西も一緒に……」

篤臣が差し入れをわざわざ持ってきてくれたのだと知って、江南は嬉しそうに顔をほころばせたが、大西は「おいおい」とごつい顔を歪《ゆが》めて苦笑した。

「冗談じゃねえ。野郎の手料理を大喜びで食う趣味は、俺にはねえよ」

「あぁ？」

ケンカを売られたのかと江南は物騒な声を出したが、大西は大儀そうに立ち上がってこう続けた。

「俺は病棟へ行くから、せいぜい二人でしっぽりやりな」

「病棟て、お前」

あっという間に毒気を抜かれ、江南は眉根を寄せる。大西は、パッパッのケーシーの上から白衣を羽織ると、へへっと笑った。

「術後経過は、俺が見とくって言ってんだよ。ひとりじゃ手に負えないときは呼ぶが、さもなきゃ、一、二時間は二人きりにしてやる」

「……ええんか？」

「目の前でいちゃつかれちゃ、たまったもんじゃねえからな。まだ、うんうん唸りながら寝てる患者の顔でも見てるほうがマシだ」

大西はそう言って、大きな口をさらに引き延ばしてニヤリとした。だがその意地悪な台詞にも表情にも、かつてのような悪意は感じられない。

篤臣も、躊躇いながら訊ねた。

「けど、お前は帰らなくていいのかよ、大西。奥さん、身重なんだろ？」

するとと大西は、それまでとは打って変わって盛大に照れ、坊主刈りの頭を掻いた。

「おう。けっこう腹がでかくなってきた。けど、初めてのお産だし、俺じゃ何をどうサポートしてやりゃいいかわかんねえだろ。帰りが遅くなる日も多いし。だから、この年末から実家に帰らせることにしたんだ。そのほうが、あいつも気が楽だろうしな」

「ああ、なるほど」

「だから、俺も今年はあっちの家で正月を過ごすんだが、さすがにちっとばかし窮屈なんだよ。病院に詰めてるほうが気楽だ。だから、俺に気を遣う必要はねえよ」

「けど、晩飯まだだろ？　腹減るんじゃないか」

「ピザ屋なら、大晦日でもやってる。デリバリーでも頼むさ。じゃあな。戸締まりを忘れんなよ」

最後の一言に妙に力を込めて言い、大西は江南に鍵束を放り投げた。そして巨体を揺すり、どかどかと医局を出ていく。

「……なんか、ちょっと悪かったかな」

篤臣は気がかりそうにそう言ったが、江南はかまわず、椅子を引いて勢いよく腰掛けた。

「かめへん。そもそも、俺はあいつに、お前の手料理を一口も食わしたるつもりはあれへんからな。なあ、腹減った！」

「はいはい、今、支度するから」

子供じみたことを言う江南に困り顔で、でも少し嬉しそうに笑いながら、篤臣は紙袋から密封容器を次々と取り出し、テーブルに並べた。絶妙な連携プレーで、江南は次々と容器の蓋を外していく。

「おっ、豪勢やな。黒豆にきんとん、伊達《だて》巻き、かまぼこ、おっ、筑前煮もあるやないか。こっちはブリか！」

「手当たり次第に詰めてきてやった。あと、焼き鮭をほぐして胡麻《ごま》と一緒に混ぜたおにぎり。たくさん食えよ」

そう言って、篤臣は取り皿と割り箸《わばし》を江南の前に置いた。ついでにそれぞれの密封容器の中に、次々と取り分け用のスプーンを突っ込む。

「ほな、いただきます！」

江南が両手を合わせ、さっそくあれこれと取り皿に盛りつけ始めるのを横目に、篤臣は熱い緑茶を煎れた。湯呑みを江南の前に置くと、自分は江南の向かいの席に腰を下ろす。

「旨いか？」

「めっちゃ旨い！　酒を飲まれへんのが惜しいてならんわ」

心底残念そうにそう言いながらも、江南は熱いお茶を啜りながら、次々と料理に箸をつけていく。

テーブルに頬杖をついて、それを楽しげに見守るだけの篤臣に気づき、江南は大きく三角形に作ったおにぎりを頬張りながら、不思議そうに訊ねた。

「お前は食わへんのんか？」

「俺はいいんだ。うちに来た楢崎がさ、晩飯用意してないって言うから、急いで鍋焼きうどん作って、一緒に食ったから」

「……それも旨そうやな。なあ。帰ったら、俺も鍋焼き！　楢崎に食わしたんより豪華なやつがええ！」

大西だけでなく、楢崎にまでやきもちを焼く江南が可笑しくて、その一方、独占欲を剝き出しにされるのが妙に嬉しくて、篤臣は笑いながら頷いた。

「いいよ。作ってやるから、それを楽しみに早く帰ってこい」

「おう！　せやけど、楢崎め……。伝言頼んだだけで、篤臣の鍋焼きうどんを食うとは厚かましいやっちゃ」

ブツクサ言いながらおせちを頬張る江南がまるで大きな子供のようで、篤臣はやはり思いきって来てよかったと、嬉しい気持ちをしみじみと嚙みしめたのだった。

そして持参のおせちがほとんどなくなり、残ったおにぎりを朝食用にしっかりフィルムで包んでやってから、篤臣は空き容器を紙袋に集め、テーブルを綺麗に拭いた。

「腹、いっぱいになったか？」

「おう。脂っこいもんがなかったから、満腹やけど苦しゅうはない。ええ感じや」

「そっか。そりゃよかった。じゃあ俺、そろそろ帰るから……う？」

コートに伸ばそうとした手をサラリと取られて、篤臣は驚きの声を上げた。そのまま凄い勢いで視界が動いたと思ったら、次の瞬間、彼はしっかりと江南に抱きしめられていた。

「お、おい！　ここ、職場！」

篤臣は焦って江南の胸を両手で押したが、日々、手術で鍛えている江南の腕力にかなうはずもなく、がっちりした両腕は、篤臣を捕らえて放そうとしない。

「おいって！」

「大丈夫や。大西が出前取るて言うてたやろ？　当直の奴らは、あいつと一緒に病棟の詰め所でピザ食うとるわ」

暴れる篤臣を易々《やすやす》と抱き竦め、江南はむしろそのささやかな抵抗を楽しむようにそう言った。だが篤臣は、必死の形相でなおも脱出を試みる。

「だからって、お前！　いくらなんでも、医局でそんな……！」

「そんな？　なんや？」

猫科の猛獣が喉を鳴らすような囁き声で問われ、篤臣は顔を真っ赤にした。

江南の片腕が腰をきつく抱いているせいで、互いの下半身が密着している。そのせいで、二人分の衣服越しにでも、江南のそこがすでに臨戦態勢なのがリアルに感じられ、それが篤臣を動転させているのだ。

無論、自分の身体のことなので、江南がそれに気づいていないはずがない。それなのに「なんだ」と平然と問われ、篤臣は羞恥でますます頰を熱くする。

「だって、お前……ああもう、信じられないよ。なんでこんな場所でその気になれるんだ」

「俺は、いつでもどこでも、お前がおったらそれで準備万端やで？」

「お前はそうでも、俺には公序良俗を重んじる心があるんだよッ。冗談じゃねえ、医局でどうこうとか！　断る！　絶対俺は嫌だからな！」

もがいても無駄だと思ったのか、動きを止めたものの、篤臣は嚙みつきそうな顔で声を荒らげる。

だが、そんな篤臣の怒りなど、ライオンが子猫にじゃれつかれているようなものなのだろう。

「わかっとる」

実に楽しそうにそう言うと、江南はいきなり篤臣を抱き上げた。

「ギャッ！」

色気の欠片もない悲鳴を上げる篤臣の鼻の頭にキスをして、江南は声を上げて笑う。

「アホ、お前、お姫様抱っこされたら、もーちょいええ声出せや。なんやねん、今のカエルがつぶれたみたいな声」

「だ、だ、だって！　やめろ、下ろせ！　マジで下ろせ！　何考えてんだ！」

我に返った篤臣は、手足をやや控えめにバタバタさせた。抱き上げられてみると、意外と地面への距離が遠い。落とされたら怪我《けが》をしかねないので、抵抗はさっきより弱くなる。

身長こそさほど変わらないが、篤臣の骨格は江南よりは華奢《きゃしゃ》だし、肉づきも薄い。多少暴れられたところで、江南にとってはどうということはないとわかっているが、そこはやはり防衛本能のなせる業なのだろう。

「おいって！」

「せやかて、ここは嫌やて言われたら、移動するしかあれへんやろ？　飯のお礼や、運んだる」

「いや、そんなお礼いらないって！　つか、どこへ行くんだよ！」

「近場でええとこや」

そう言うなり、江南は篤臣を抱いたまま歩き出した。医局を出て、ほんのしばらく廊下を歩き、右手の小窓のついていない扉を開ける。

真っ暗な部屋の中、ヒンヤリした布の上に下ろされて、篤臣は半ば狼狽え、半ば怯えつつ、闇にぼんやり浮かぶ江南のケーシーの袖を摑んだ。

「おい、ここどこだよ。電気……」

「点けへんほうが、お前、落ち着くやろ。ちょー待て」

そう言うと、江南は優しく篤臣の手を離した。スリッパの足音が二歩分だけして、ガチャリと鍵をかける音がした。

そのことにほんの少しだけ安心して、篤臣は徐々に暗さに慣れてきた目で、周囲を見回した。

恐ろしく狭い部屋だ。

今、自分が座らされているのは、シングルベッドの上らしい。ベッドだけで床面積の八割ほどを占めているので、室内には、他にこれといって何もない。小さな窓には、白っぽい色のロールカーテンが下ろされていた。

「仮眠室……？」

篤臣の呟きに、彼の隣に腰を下ろした江南は、無造作に答えた。

「せや。しかも、第二仮眠室や」

「第二？」

「小田先生が、教授になりはっても、前と同じにしょっちゅう泊まり込みをしはるからな。

なんぼなんでも、俺らと同じ部屋で雑魚寝《ざこね》っちゅうわけにいかへんやろ。そんで、急遽《きゅうきょ》、物置を一つ空けて、ベッドぶち込んで、第二仮眠室を作ったんや」

それを聞いて、いったん安堵しかかっていた篤臣は、再び慌て始めた。

「待て、じゃあこれ、小田先生専用ベッドってことじゃねえか。駄目だよ、そんなの」

しかし江南は、暗がりの中でニヤリと笑うと、逃げようとした篤臣の肩をガシッと抱いた。そして、熱くなった耳元で低く囁く。

「かめへん。シーツやらなんやら、あとで俺がちゃんとするし」

「けどさ。万が一、誰か来たら……」

「来おへん。小田先生は帰りはったし、さっき、大西が鍵束置いていきよったやろ。あれ、医局の全部の部屋の鍵やねん。あいつが管理当番でな。あれを俺が預かっとる以上、内側から鍵かけといたら、誰も入られへんっちゅうことや」

なるほどそういうことかと、部屋を出ていったときの大西の人の悪い笑みを思い出し、篤臣は「あああああ」と奇声を上げた。

「ってことは大西の奴、お前が何しようとしてるか、わかってたんじゃねえかよ！」

だが江南は、涼しい顔で頷いた。

「そらそうや。お前がせっかく来とんのに、何もせんと帰すわけがあれへんやろ。あいつも嫁さんもろて、やっと気が利くようになってきよった」

「何が、気が利く、だよ！　お前、いかにもやってきましたって顔で病棟に戻る気か⁉」

やはり江南は平然と頷く。

「そうやけど？　別に首にキスマークの一つくらい、つけてもかめへんで。男の勲章や」

「ううううう」

こちらは人並み以上に羞恥心を持ち合わせている篤臣である。次に大西に会ったとき、いったいどんな顔をすればいいのかと、心は千々に乱れる。

だがそんな篤臣の狼狽にはおかまいなしで、江南は篤臣の身体をグイと抱き寄せた。そのまま体重をかけてベッドの上に押し倒され、篤臣はシーツの冷たさに小さく身震いした。

「だけど……！」

「頼むわ。俺はてっきり、お前と会われへんまま正月になるんやと思うて、ちょっとへこんどったんや。一緒に年越そう言うてたのに、また約束破ってしもたて」

「……うん」

「けど、お前がこうして来てくれた。せめて新しい年になるまで、お前と一緒におりたいねん。……な？」

がっしりした江南の身体全体を使って押さえつけられ、篤臣はおおむね諦めつつも、最後の抵抗を試みる。

「寒い。……それに俺、何も持ってきてないぞ。その、準備、とか」

しかし江南は、どこか嬉しそうに喉声で笑った。

「ゴムは財布ん中に入れとったから大丈夫や。他は……ハンドクリームでなんとかなるやろ」

「財布の中にって、やりたい盛りの高校生か！　恥ずかしい！」

「恥ずかしゅうても、こういうときに役に立つ。寒いんは、堪忍してくれ。極力、着たまんまで……な？」

そんな台詞と共に、江南の唇が篤臣の耳から首筋に下りていく。エアコンが入っていないので、室内は震えるほど寒かったが、そのせいで余計に、江南の身体が……かさついた唇や舌先が、やけに熱く感じられた。

「ん……くそ、毎度強引……んっ、ふ」

文句の途中で顎を優しく摑まれ、唇をキスで塞がれる。篤臣の言葉も吐息も強引な舌で奪いながら、江南は器用な外科医の指で、篤臣のカーゴパンツの前ボタンを外した。

シャツの裾《すそ》を引っ張り出し、ファスナーを下ろして、カーゴパンツを下着ごと膝《ひざ》まで引き下ろす。冷気に触れて篤臣が震えると、大きくて温かな江南の手が、臀部《でんぶ》から太腿を宥めるように撫でた。

「んっ、さ……むいって」

「すまん」

簡潔に謝りつつも、江南の手は篤臣のタートルネックシャツの裾から入り込み、無駄な肉など一欠片もついていない篤臣のほっそりした腰から胸元を、まるで独立した意志を持つ生き物のように這《は》い回る。

寒さでつんと立った胸の尖りをざらついた親指の腹で強く擦られ、篤臣は思わずくぐもった声を上げた。

「あっ」

いくら誰も来ないと言われても、こんな場所でことに及んでしまって、誰かに聞かれたり見られたりしたら……と思うと、慌てて片手で口を押さえてしまう篤臣である。

そんな篤臣の手の甲に音を立ててキスして、江南は暗がりでニヤッと笑った。

「こういうんも、たまには興奮するやろ。まだ触ってへんのに……な」

恥ずかしがり屋の篤臣を追い詰めないよう、直截《ちょくさい》的な言葉をあえて使わなかった江南だが、篤臣は文字どおり顔から火を噴いた。

そう、冷気に曝《さら》され、剝き出しのまま放っておかれている篤臣の下腹部で、微かではあるが、彼の芯《しん》が兆している。

これはいつもの行為ではない、秘め事だ……と思うと、認めたくはないが、心も身体も妙な昂《たか》ぶり方をしてしまうのだ。

そんな篤臣をさらに煽るように、江南の手はくすぐるようにそこに触れ、まだ柔らかさを残したものを軽く握った。

「う……ん、んんっ」

焦れったい刺激に、片手で口元を押さえていても、指の隙間《すきま》から微かな声が漏れる。眉根を寄せて耐える苦しげな表情が、江南の雄の本能を刺激した。

「さすがに、あんましゆっくりはできへんから……堪忍な」

そう囁いて、江南はケーシーのポケットを探った。中から、いつも手洗いのあとに使っているハンドクリームを取り出した。片手で器用にキャップを外すと、中身を絞り出す。

どちらかといえばさらりとした、ジェルに近いクリームを絡めた指で後ろに触れられ、篤臣は寒さとは違うゾクゾクする感じに小さく震えた。

「冷た……っ」

「すまん」

またしても謝りながら、江南は性急に人差し指を差し入れ、中を探る。

「なんや、いつもよりあっついな」

「……馬鹿やろ……っ、それは、部屋がさむ……んッ」

何度味わっても、このときの内臓をかき混ぜられるような違和感には慣れない。慰めるように前をゆるゆると愛撫《あいぶ》されて息を乱しながら、篤臣は自分も江南のズボンに触れた。

化繊独特のサラリとした手触りの布を探り、前を開く。下着を押し上げるものは、すでに熱く、固くなっていた。

「お前こそ……触ってもいないのに、熱々だぞ」

「そらお前、今年最後やし」

　理由にもならない理由をあっさり告げて、江南は後ろを探る指の数を増やした。

「つッ……」

「痛いか?」

「や……だいじょう、ぶ、だけど、ちょっと身体がビックリした」

　どうにか呼吸を整えながら、篤臣は小さく笑った。そして、ボクサーショーツを下げ、江南のものに直《じか》に触れた。

　すでに反り返ったそれは、酷く猛々《たけだけ》しい。張り詰めた袋から茎へと両手で触れていくと、江南の削《そ》げた腹がひくっと小さく痙攣《けいれん》した。

「お前の手ぇは……冷たいな」

「触らないほうがいいか?」

「アホか。……上着のポケットに入れとる」

「……ん」

　篤臣は、江南のケーシーのポケットを探り、財布に入れて持ち歩いていたというコンドームを摘まみ出す。片手で江南のものに触れながら、もう一方の手と歯でパッケージを破く篤臣を見下ろし、江南はやけに嬉しそうな顔をした。

「……なんだよ?」

「お前がつけてくれるん、久しぶりやな」

「……んなことでいちいち喜ぶな」

照れながらも、同じ男どうしだけに、江南の猛ったものに薄い膜を被せる手つきに澱《よど》みはない。ぬるつくクリームの上からあらためて太い芯を扱《しご》きながら、篤臣は片腕を江南の首に回した。

「なあ……ゆっくり、できないんだろ? なんか、こんな場所とか、着たままとか……たまんないから……っ」

早く、と吐息交じりに催促されて、江南はゴクリと喉を鳴らした。

確かに、篤臣の身体はいつもよりずっと早くほぐれ、さんざん渋ったわりに、前もすでにそそり立ち、江南の指を先走りが濡らしている。

決してアブノーマルなプレイが好きな二人ではないが、非日常のシチュエーションが、いつもはストイックで照れ屋の篤臣を確実に興奮させているようだった。

「つらかったら、言えや」

そう言うと、江南は篤臣の中から指を引き抜いた。

準備に時間がかけられない分、せめて負担の軽い姿勢でと、篤臣をうつ伏せにさせ、後ろからゆっくりと貫く。

「くっ……ふ、ん……っ」

両肘をシーツについた篤臣は、項垂れて声を殺しながら、狭い粘膜にねじ込むように侵入してくる江南の熱を受け入れた。

もう、何度となく身体を重ね、力の抜き方も自然と覚えた。多少、忙《せわ》しい行為であっても、初めてのときのように後ろが傷つくようなことはない。

それでもやはり、痛みよりも異物感と戦わなくてはならないひとときは、なくなりはしない。

それを知っている江南は、すぐには動こうとせず、優しく篤臣の顎に手をかけた。軽く首をねじ曲げさせて、情熱的なキスを仕掛ける。

小さな喘《あえ》ぎを弾力のある唇で吸い取り、さらに幾分勢いを失った篤臣のそれに片手で触れた。先端に軽く爪を立てたり、裏筋を荒れた親指の腹で撫で上げたりと、じゃれるような愛撫を繰り返していると、次第に篤臣の肢体に似たしなやかなそれは、再び力を取り戻し、下腹につくほど反り返る。

いつしか唇は離れ、篤臣は鼻にかかった微かな声を漏らし始めた。それと同時に、ほっそりした腰が焦れたように揺れる。

「……ええか？」

短い問いかけに、篤臣の頭が小さく上下した。シャツの上から篤臣のうなじにキスを落とし、江南は緩やかに突き上げを始めた。

「はっ、あ、ぁ……」

声を出すまいとしていても、篤臣の唇からは吐息と共に切れ切れの声が漏れる。それがいつもよりずっと色っぽく聞こえて、篤臣の中で江南がぐんと体積を増した。

「……ん、んぅ……あ……っ」

江南に篤臣の顔は見えないが、甘い声音と、引き抜くときに絡みつくようなやわらかな粘膜の襞《ひだ》、それに江南の動きに合わせて微妙に動く腰が、篤臣の味わっている快感を素直に伝えてくる。

「え……なみっ」

ゆるゆるとした抽挿《ちゅうそう》に焦れたように名を呼ばれ、まるで人目を忍んで逢《あ》い引《び》きでもしているようなシチュエーションも相まって、江南の突き上げのペースは、勝手に速くなっていった。

篤臣の腰を両手で摑むと、みずからの熱塊を深く突き入れ、こねるような動きを交えて熱い粘膜を切っ先で擦り上げる。そうすると、篤臣の背中が若木のようにしなった。

「江南っ、も、はや……くっ」

「早くイケ……てか？　それとも、早くイキたいか？」

「ど……っちも……っ、ああっ」

腕で身体を支えきれず、篤臣はシーツに頬を押しつけ、ギュッと目をつぶって掠《かす》れた嬌《きよう》声《せい》を上げる。両手は、白いシーツを固く握りしめていた。

自宅ならば、二度や三度は絶頂をそらして長く楽しむところだが、今、この状況では、スリルや罪悪感がスパイスとして機能しているうちに駆け抜けてしまったほうがいいのだろう。

江南は篤臣に求められるまま、細い身体を激しく穿《うが》った。片手で、限界を訴える篤臣の花芯も強く扱き上げる。篤臣の腰も、いつもの頑固な羞恥心はどこへやら、素直に快感を追って怪しくうねり、江南を食いしめて追い上げた。

「あ……は、あ、ああ……ッ」

押し殺した声と共に、篤臣の身体が強張る。小刻みな震えと共に、シーツにパタパタと雫《しずく》が飛んだ。

「……っ」

きつい粘膜の収縮を十分に味わってから、江南もまた、篤臣の中でみずからを解き放った。そして、弛緩《しかん》していくままに、シャツの上から篤臣の背中に愛おしげに口づけたのだった。

「……なあ……」

衣服の乱れを直し、しかしまだ起き上がる気にはなれないのか、狭いベッドの上で江南に寄り添って横たわったまま、篤臣はやや掠れた声で呼びかけてきた。

篤臣の柔らかな髪の感触を楽しんでいた江南は、やや気怠げにいらえる。すると篤臣は、江南の腕枕から少し頭を浮かせ、江南の顔をじっと見つめてこう言った。

「あのさ。ここに来たのは、お前におせちを食わせるってのと、もう一つ、目的があったんだ」

「なんや?」

「花。可愛い花束、楢崎に言づけてくれたろ? どうしても、今年のうちにお礼が言いたくてさ」

「……ああ。気に入ったか?」

江南は合点がいった様子で、愛おしげに目を細めて篤臣を見つめる。篤臣は、今さらながらに恥ずかしそうに目を伏せ、頷いた。

「凄く。ありがとな。花をもらうって、あんなに照れくさくて、嬉しいものなんだな。でも、感謝の気持ちなら、俺だってお前に何かやらなきゃいけないのに」

篤臣は申し訳なさそうにそう言ったが、江南はふっと笑って、そんな篤臣の白い額にキスをした。

「アホ。お前は俺に、いっつもあれやこれやくれてばっかしや。今、ここにこうしておってくれることが、どんだけ俺にとってはでっかいプレゼントやと思うてんねん」

「そんなこと言うのは、お前だけだよ」

「当たり前やろ。他の奴に、そないなこと言わせてたまるかい」

　軽く憤慨したようにそう言い、江南は篤臣を抱きしめる。行為の間もずっと着たままだったケーシーからは、消毒薬の匂いがふわりとした。

「なあ、篤臣。いつかホンマに、二人でハワイ行こな」

　そう言われて、江南の胸に顔を押し当て、篤臣は笑い出した。

「まだ言ってんのか。……いいけど、この分じゃいつになるやら」

「ええねん。毎年そう言いながら、ずーっとこんなんでおったらええねん。そんで、いつかホンマに行く。命が尽きる前にな」

「壮大すぎる計画だな。ジジイになってからかもしれねえぞ」

「ええやないか、ジジイ二人でハワイ行くんも」

「……まあ、いいか。俺たちらしくて」

　二人は顔を見合わせ、笑い合う。すると絶妙のタイミングで、江南のケーシーのポケットで、スマホがアラーム音を立てた。

　音を止めてから、江南はニッと笑ってこう言った。

「年、明けたで。おめでとうさん、篤臣。一応約束どおり、一緒に年越せたな」

「家でのんびりじゃなくて、真っ暗な仮眠室のカチカチのベッドの上だけどな。……明けましておめでとう、江南。今年もよろしくな」

「おう」

篤臣の両腕が、ゆっくりと江南の広い背中を抱き返す。ともかくも共に年を越せた喜びを込めて、二人はどちらからともなく、新年初めてのキスを交わした……


江南が帰宅したのは、その日の昼過ぎだった。

ようやくこれで、正月休みに入れる。約束どおり、篤臣とゆっくり居間で過ごしたり、初《はつ》詣《もうで》に行ったりできる……と心を躍らせながら玄関前でポケットを探った江南は、突然鼻先で開いた扉に、驚いて飛びすさった。

「うおっ⁉」

「あ？　ああ、江南。帰ってきたのか。お疲れ」

出てきたのはもちろん、篤臣である。

だが、年賀状を取りに出たというわけではなさそうだ。昨夜と同様、コートとマフラーの重装備である。

嫌な予感に襲われつつ、江南は恐る恐る問いかけた。

「おう、ただいま。……お前、もしかして」

すると篤臣は、申し訳なさそうに顔の前に右手を立てた。

「悪い！　解剖入って、行かなきゃなんだ。今年は美卯さんが実家から離れられないから、俺が教授と頑張らなきゃ」

「お……おう、そうか」

あ、寝るならちゃんと風呂に入ってからな！　じゃ、え、ええと……行ってくる！」

「雑煮は作ってあるから、餅だけ焼いて入れろ。あと、おせちも冷蔵庫に入ってるから！

物凄い勢いで指示を出すと、篤臣はやけに初々しく恥じらって、江南の唇に小さなキスをした。そして、バタバタとエレベーターホールに向かって駆けていった。

その背中を見送り、江南は「おいおい」と情けなく笑み崩れた。


こんなふうに慌ただしく、忙しく、今年も日々は過ぎていくのだろう。

一緒にいたいと願いながらもすれ違うことが、きっと何度もあるのだろう。

それでも、一瞬だけ触れた唇が、篤臣の心は江南と共にあると教えてくれる。

いつも篤臣を待たせてばかりの江南だが、今日ばかりはここで篤臣を待ち、出迎えてやることができる。それが、江南にはしみじみと嬉しかった。

「よっしゃ、一寝入りしたら、今夜は俺がすき焼きの用意でもして待っとったろ。どんな顔するやろな。きっと感動しよるな！」

おそらく帰宅した篤臣は、喜ぶより先に、素晴らしく散らかった台所に悲鳴を上げるだろうが、そんな現実的な未来は思い描けない江南である。

サプライズに喜ぶ篤臣の顔を思い浮かべながら、お気楽な自称「旦那」は、鼻歌交じりに扉の向こうに消えたのだった……。

あとがき

こんにちは、榀野道流です。

いつの間にか、メス花も本作をもって十作目となりました！

一作目の「右手にメス、左手に花束」で江南と篤臣が相思相愛になってからというもの、ずっと鉄壁の二人が、物凄く仕事を頑張りつつ、プライベートであれこれありつつ、こつこつと互いの絆を深めていくという構成で、地味なことこの上なしなシリーズです。

それにもかかわらず、長年にわたって読者さんに二人を可愛がっていただき、本当にありがとうございます。

よもやいちばんのリア充が大西になろうとは、当初は予測できない事態でしたし、楢崎が他シリーズにはみ出すほど愛していただけるキャラクターに成長しようとも思いませんでしたが、どちらも嬉しい驚きでした。

嬉しいといえば、加地佳鹿さん、唯月一さんに続き、鳴海ゆきさんにイラストを引き継いでいただき、いつもクラクラするほど仲良しな江南と篤臣を描いていただけて、本当に、私もシリーズも幸せです。今回の表紙は、いかにも平穏な二人の日常を切り取ったようで、見ているだけでほんわかします。ありがとうございます！

それから担当Sさんはじめ、この作品を本にするまで、そして読者さんの手に届くまでお世話になったすべての方にも、深く感謝しております。

そして、ずっとメス花を読んでくださっている、あるいは新しく手に取ってくださった方々にも、心からありがとうございます。

これからも、どうぞこのシリーズを愛してやってください。私も、精いっぱいの力で書き続けていきたいと思っております。

では、次作でお目にかかるまで、ごきげんよう。どうぞ健やかにお過ごしください。

椹野　道流　九拝

椹野道流先生、鳴海ゆき先生へのお便り、
本作品に関するご意見、ご感想などは
〒101-8405
東京都千代田区三崎町2-18-11
二見書房　シャレード文庫
「友には杯、恋人には泉」係まで。

本作品は書き下ろしです

CHARADE BUNKO

友《とも》には杯《さかずき》、恋人《こいびと》には泉《いずみ》—右手《みぎて》にメス、左手《ひだりて》に花束《はなたば》10—

【著者】椹野道流《ふしのみちる》

【発行所】株式会社二見書房
東京都千代田区三崎町2-18-11
電話　03(3515)2311[営業]
　　　03(3515)2314[編集]
振替　00170-4-2639
【印刷】株式会社堀内印刷所
【製本】ナショナル製本協同組合

落丁・乱丁本はお取り替えいたします。
定価は、カバーに表示してあります。

ISBN978-4-576-14006-3

http://charade.futami.co.jp/

CHARADE BUNKO

スタイリッシュ&スウィートな男たちの恋満載

椹野道流の本

近世ヨーロッパ風港町で巻き起こる事件と恋の嵐!

作る少年、食う男

イラスト＝金 ひかる

検死官・ウィルフレッドは孤児院出身の男娼、ハルに初めて知る感情、〝愛しさ〟を感じるようになるが…。

院長殺害容疑で逮捕された執事フライトの真意は…!?

執事の受難と旦那様の秘密〈上・下〉

イラスト＝金 ひかる

ウィルフレッドの助手兼恋人になり幸せを噛みしめるハル。そんな中、彼がいた孤児院の院長が殺害され…。

甘い新婚旅行が波乱続き――!?

新婚旅行と旦那様の憂鬱〈上・下〉

イラスト＝金 ひかる

ウィルフレッドとハルは、ついに永遠の伴侶に。厄介な仕事から逃れて新婚旅行へ! と思いきや……。

スタイリッシュ＆スウィートな男たちの恋満載

椹野道流の本

メス花シリーズ・下町夫婦《めおと》愛編♡♡

夜空に月、我等にツキ

イラスト＝唯月一

シアトルに住んで一年。篤臣は江南と家族を仲直りさせようと二人で江南の実家に帰省するが……。

白い巨塔の権力抗争。江南の将来は……。

その手に夢、この胸に光

イラスト＝唯月一

帰国して職場復帰した江南と篤臣。消化器外科の教授選で、江南は劣勢といわれる小田を支持するが…。

ドS楢崎の内科診察＆小田教授の執刀フルコース!?

頬にそよ風、髪に木洩れ日

イラスト＝鳴海ゆき

学位を取得してますます忙しい日々を送る江南。彼を労りつつサポートする篤臣の身体に異変か!?

CHARADE BUNKO

スタイリッシュ&スウィートな男たちの恋満載

椹野道流の本

可愛い俺は嫌いか？

僕に雨傘、君に長靴

イラスト＝鳴海ゆき

篤臣と江南のトラウマ温泉旅行&江南が楢崎と合コンで篤臣は鯵と？　のラブスウィートな二本立て。

お前のためやったら、俺はなんでもするからな

月にむら雲、花に風

イラスト＝鳴海ゆき

助手に昇格した江南に続き、篤臣もついに鑑定医へ。その重みを受け止めようとする篤臣に江南は…。

死ぬまで……いや、死んでも、お前だけやで

故きを温ね、新しきを知る

イラスト＝鳴海ゆき

学生にマジギレ寸前の江南をよそに大西には人生の春が!?　そして晒される楢崎の恥ずかしい過去!?